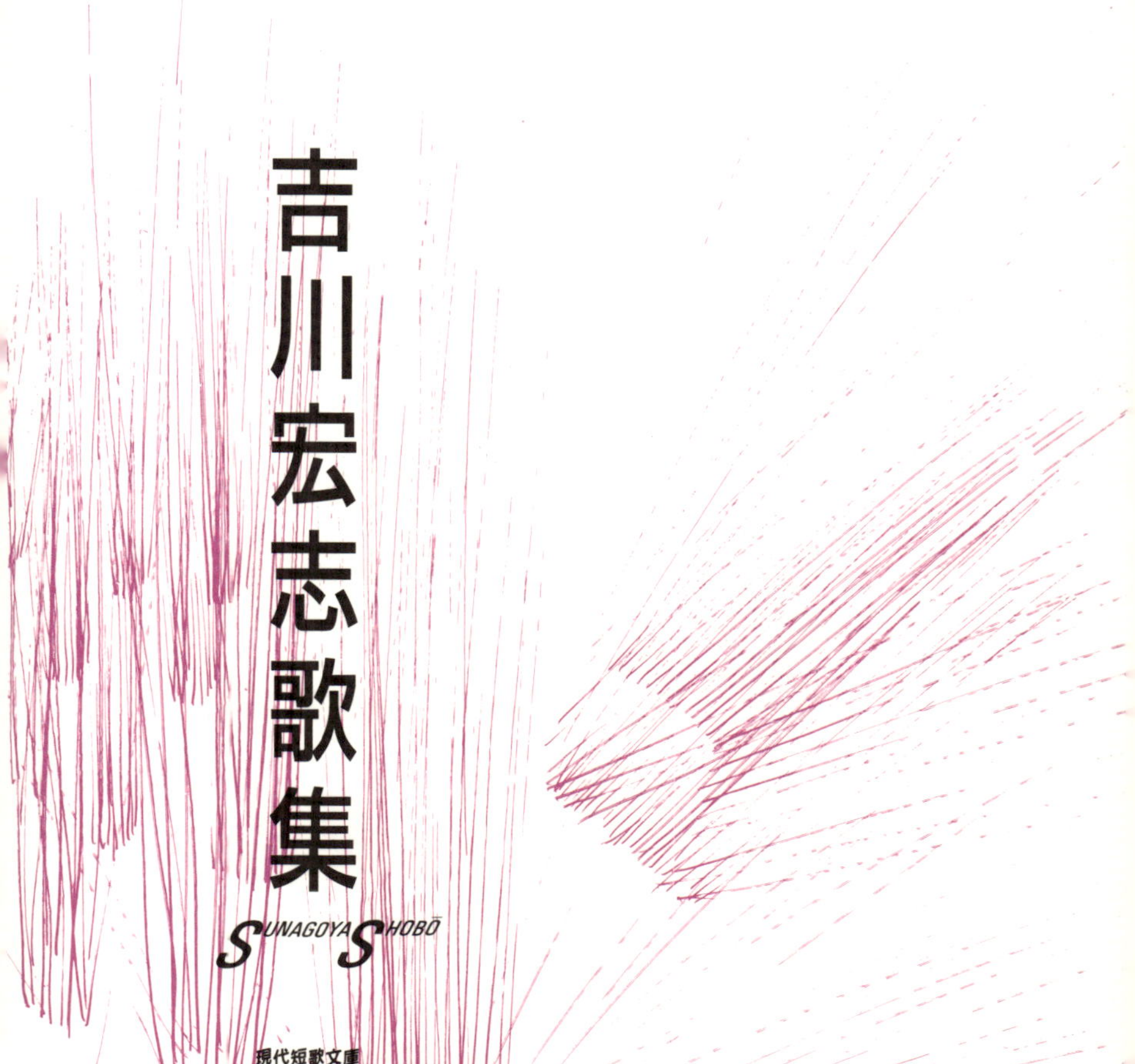

吉川宏志歌集

SUNAGOYA SHOBŌ

現代短歌文庫

砂子屋書房

吉川宏志歌集☆目次

『夜光』（全篇）

Ⅰ

歌論・エッセイ

解説

吉川宏志歌集

『夜光』（全篇）

I

雪靴

杉山に雨がふりだす　軍手にて目を覆われし女のように

おびただしき雨滴を松の葉に残し冬雲は去る愛宕《あたご》のほうへ

さびさびと一夫一妻　朝刊の雪を払ってテーブルに置く

いつまでが新婚だろう雪靴のように重たい一日の過ぐ

九五年一月一九日

明日はまた増える死者数　ゲラ刷りに朱を入れながら午後九時を越ゆ

指さきを絵本の紙で切りし子が舌震わせて泣く夕べなり

ぐわんぐわんと赤子の声が鳴りひびく鉄鍋のなか妻と棲んでる

霜の夜に泣きやまぬ子よ燈が白いセブンイレブンまで抱いてゆく

ふるさとに帰りし夕べ鯉の絵の襖を閉じて乳飲ます妻

這い寄りてわれの眼鏡に手をのばすこの子もやがてめがねをかけむ

白梅は樹液のめぐり良くなれり朝陽のあたる唐門《からもん》の横

ふるさとで日ごとに出遭う夕まぐれ林のなかに縄梯子垂る

葡萄紅葉

のこぎりを戻しに来れば物置がぱたんと影を倒して暮れる

子を持たぬまま別れると書きし日は春雷のごと遠くなりたり

泣きやまぬ赤子を抱けり秋の夜のヘッドフォンからZARD《ザード》が流れ

乳足らぬ夜に鮎太が泣きはじむ歯のない歯茎を我は見ており

陰暦の八月みたいにずれている二十五歳の
父であること

新室《にいむろ》にすみはじめたる人と会う月に照らさ
れ梨は月の色

古き詩は模倣を誘うさわさわと葡萄紅葉に
ふりだした雨

あみだくじ描《か》かれし路地にあゆみ入る旅の
土産の葡萄を提げて

木蓮の絵

湿気《モイスチャー》しずかにみちる藤棚の下は学校までの
抜け道

受験の日泊まりしホテルに木蓮の絵を吊る
したる廊下のありき

予備校に通うこともなく若き日は最短に過
ぐ　水草紅葉

鳥風

鳥風のひとすじ吹きしゆうぐれは眉毛の薄き妻とおもえり

むんむんと二階がふくれてゆくような春雷の夜にふとん敷く妻

夢に棲む女が夢で生みし子を見せに来たりぬ歯がはえたと言いて

やさしさが裏目に出ると白桃《しろもも》の皮が途中でちぎれてしまう

春蟬のまだ啼かぬ日のゆうぞらは林の向こうに隠れてゆけり

アングル

その程度で若いと言うのか　朝雲は鋏で切ったようにひろがる

洪水の夢から昼にめざめれば家じゅうの壘まっすぐに立つ

いつも同じアングルの写真　耳のない茸雲うく八月六日

あさがおはすずしき肺のごとく咲く六ヶ所村を異境に置きて

燈を包む船は湖岸を去りゆけり短き手紙をみじかく書きぬ

卓上の本を夜更けに読みはじめ妻の挟みし栞を越えつ

歩道橋錆びゆく町に帰省せり船塚町《ふなつかちょう》の白さるすべり

駅裏に鶏頭の立つしずけさにふるさとありき我が居ぬ間も

八月の馬乳のような陽を浴びて若き日は過ぐ過ぎて誘《いざな》う

夕鵙

人にまかせて眠るほかない眠りへと落ちゆく耳に尖る夕鵙《ゆうもず》

十月八日　秩父

山霧を浴びし列車は弓形に葡萄畑の横を過ぎゆく

颱風の来たりて選ぶ陸路かな朝方に着く桃《もも》畑《はた》の駅

蔦赤き谷を過ぎつつ乗客に医師がいないか問うアナウンス

若き日を地味に過ごしき葉鶏頭打ちはじめたる粗挽《あらび》きの雨

くだもの屋の台はかすかにかたむけり旅のゆうべの懶《ものう》きときを

鬼やんまの翅の下なる少年期　水平に網かまえていたり

鬼やんまの頭《ず》は胴体を率《い》て飛べり紺色の川をさかのぼるかも

旅に居て異なる旅を思うかな桐の落葉は土に重なる

あさがおに藍色の張り残りいる曇り日を来て薬をもらう

実験《ムルロア》を終えて砕けた珊瑚から精液のごと漏れてゆくのか

ドーナツ化現象の首都　秋風のドーナツの穴に天皇は棲む

昼ながら木槿の花は落ち継ぎぬ一日《ひとひ》に三度ねむる幼な子

本棚の三段目まで届く子が投げ散らかせり夕餉のまえを

秋深く日なた日かげの混じらうを妻の掃きゆく庭に見ており

卒論に妻の書きたる正徹《しょうてつ》論黒紐に綴じられて残りぬ

幼な子はツツジの下の暗がりを古代遺跡のように覗くも

きりん草に夏の剰《あま》りの陽が差せり石段のぼりを子は覚えたる

時雨忌

雪虫が夕べに飛べり金福寺《こんぷくじ》蕪村の墓と無名俳人の墓

椎の実を転がしていた幼な子は黄粉《きなこ》のような匂いに眠る

スチールの書架は冷たし千載集秋之部の歌引きつつおれば

白壁の時計の芯がひかりおり梨を食べつつしずかな子ども

枝道の朝じめりする嵯峨野かな人を待つとは待たせないこと

つわぶきの黄の花が咲く夕べなり時間に麻酔がかかったような

時雨忌の残してゆきし水たまり暮れゆくときに縁《ふち》が光れる

蛇宗門

東京近代美術館二首

楢重《ならしげ》の描きし茄子は戦前の黒きあぶらを集めてぞ輝る

性別のただよわぬ絵に寄りゆけりしかすがに藍ながしていたり

荒木浩に

蛇宗門くぐりゆきしか　雪の降るなかをか
らだは吸われるように

北　門

夕暮れに降る藤いろの雪に似て死は足もと
を照らしていたり

ひるすぎの陽を照りかえす雪の橋えびせん
かじる子どもがとおる

北門が手薄であった城にして朝光《あさかげ》のなか井
戸が残れり

スリッパの冷たき朝足《あした》を入れ渡り廊下の白
梅を見き

戦死者の著作権みな切れており海草が胃の
なかを流れつ

北窓はしぐれてゆけり婚の日に買いたる旅
行ガイド『鎌倉』

洋凧の黒きまなこが見おろせるわがふるさ
とは妻には異郷

鮎太一歳

ひなひなと頭髪は陽に透けながら〈子ども銀行〉のお金で遊ぶ

おさなごを現《うつつ》に置きて夢に入るミシンの音のひびく夕べに

ボックスのなかのみどりの電話だけ濡れてない街　春先の雨

眠るほか咳をおさめるすべのなく子どもは布団の下にねむりぬ

抑揚のない一日の終わるころ八つ手の葉を打つ雨が聞こえる

雪の泡

茶碗坂に積まれし茶碗　雪の日は下からほうと照らされている

春水や四条五条の橋の下（蕪村）

いけにえをうまく選びし土方《ひじかた》か芹沢鴨を刺してさすらう

*〈生は死の習《ならわし》〉ならむ遠浅の雪を踏みつつ木の花に遭う

*仮名草子『恨之介』による

落武者はぎしぎしと来て夕庭の柑橘の実をもぎとりにけり

雪の泡ながされてくる駅頭に爪を立てつつ
茹で卵剝く

即　答

逃れきて一夜の眠りを予約せし甲府は雪の
受け皿になる

湖岸《うみぎし》に扁《ひら》たき波の寄せており即答を避けな
がら帰りぬ

しらさぎが春の泥から脚を抜くしずかな力
に別れゆきたり

ゆうぐれに固き感情持ちはこぶ卵のなかの
嘴のごと

横顔はもう片方の横顔を隠して雪の街を過
ぎゆく

この春のあらすじだけが美しい　海草サラ
ダを灯の下に置く

昔からそこにあるのが

肩車した子を影で確かめて馬酔木の咲ける坂を降りゆく

春の陽に浮きあがりたる庭石に飴のやわさの蜥蜴がのぼる

遠近《おちこち》に水たまり照る夕まぐれ翼細めて燕は飛べり

旅先の朝のひかりは強まりて黒い鞄に若葉が映る

低く泛く浅葱《あさぎ》のいろの糸とんぼ大きな足はまたいでゆけり

昔からそこにあるのが夕闇か　キリンは四肢を折り畳みつつ

鬼やんま

朝雲のみょうにさみしい夏が来て壜のとなりに壜をならべる

ほそながい夢をみていた　麦畑のむこうで
朝の蟬が鳴くまで

山道に陽は射しいたり鬼やんま鉄芯のごと
空中に浮く

螢火のすこし膨らみ飛びゆける川の向こう
に空き家はありて

ねむいねむい僕の代わりに月光のえのころ
ぐさを見張ってほしい

わかれたひとびと

夏の朝の涼しいうちに別れよう　樹のうし
ろから蟬が鳴き出す

朝光《あさかげ》の別れの言葉の短かさの、そうか、時
間がなかっただけか

十代にわかれたひとびと透きとおる魚のよ
うに重なり合えり

アメンボの肢の下には

アメンボの肢の下には滅ぼされ水に沈んだ僧院がある

http://www.hironomiya.go.jp　くちなしいろのページにゆかな

ひといきに朝は過ぎゆき石壁に紫陽花のかげ重なり合えり

ひよどりは時間の袋のなかにいる　小麦のつぶを呑みこんだりして

白昼の桜の木からきしきしと大きな栓が抜かれてゆけり

梅雨晴れの白き陽のさす柵のなか夢遊病者のキリンがあゆむ

糸のこぎり

梔子《くちなし》の匂いのなかの校廊に糸のこぎりはひとすじ光る

眼はそこで夕雲を見る　会議から戻る廊下のかたむいた窓

入試直前問題集

かすれたる秋の陽がさす仕事場にロシアの地図の文字校正す

なぜ俺に決めさせてくれぬ　ぐいぐいとコピー機の蓋圧《お》さえていたり

箇条書きに近い手紙を書いており窓辺に跳ねる秋の夜の雨

まだ終わりきれない今日の窓のそと水銀灯は蛾をめぐらせて

なるほどと思う死なずにいることを　藍色に反《そ》る朝顔の花

庭木戸を手で押すときに紫陽花の重みを感ず　妻は三十《さんじゅう》歳

ゆるやかな間取りのように秋が来てわたしの横で灯るほおずき

青火

ゆうぐれは血が重たくて石壁に囲まれている地下に降りゆく

まんじゅしゃげ雄蕊《おしべ》の長き真昼なりエイズを売りし老い人あゆむ

子どもだけ新しく見ゆ晩秋の赤く焦げたる庭をゆくとき

紙コップ熱きを妻に手渡せりキリンの首は秋風を漕ぐ

若き日の行き詰まるころ甃道《いしみち》にほおずき売りの声はひらめく

ひのくれは死者の挟みし栞紐いくすじも垂れ古書店しずか

秋の水ひろがる上にボートあり櫂を差しこむ鉄の輪が見ゆ

蜆蝶《しじみちょう》草の流れに消えしのち眠る子どもを家まで運ぶ

鶏頭は砂地に立てりどの墓も隣の墓の影に包まる

立ち消えのような初秋の一日に安寝《やすい》と熟寝《うまい》の異なるを知る

つくられて間もない家族　鳥鍋を囲みて顎の大小うごく

匙もちて幼な子は見る鳥鍋の下に燃えいるガスの青火《あおび》を

縺れあうコスモス畑で子を追えりいつまで若い父なのだろう

遊ばねど遊びのごとく過ぎし日をひらひらと来る糸くず蜻蛉

焼香

門灯は白くながれて焼香を終えたる指の粉をぬぐえり

遺体だけ暇そうである通夜ののち残業をする人に囲まれ

白菊は茎を断たれてひえびえと脂肪の厚き遺体の上に

夕空は鳥を流せり病棟に横穴のごと窓ならぶかな

羊歯の葉はざらりと垂れる一つの死を埋《うず》めて人事異動終わりき

黒牛

きりきりと肩盛りあがる黒牛が春雲の下あゆみをかえす

天体のごとくしずかにひかりつつ巨き黒牛水辺をあゆむ

抱いていた子どもを置けば足が生え落葉の道を駆けてゆくなり

ゆうぐれの水に疲労を吸わせつつ川のほとりにしゃがんでおりぬ

蛾の羽のぶつかる音もいつか絶え水銀灯は舗道に寒い

春草を牛は嚙みおり時間《とき》かけて乳のながれは濃くなりゆかむ

水草光る

雪の嶺遠く見えおり南風《なんぷう》にみつばちの群れちらばってゆく

啄木の死にし齢《よわい》を一つ越し土筆摘みおりここ北上《きたかみ》に

ゆるゆると春の陽しずみ水草のみどりに橋の影がかぶさる

手くらがりほどの夕べが来ておりぬカタクリの咲く林の根方

花冷えのみちのくはまこと冷えながら薄らに苦き海鞘《ほや》を嚙みおり

今日帰る旅をさびしむみちのくの空に辛夷の花はめくれて

鱗粉はあるいは青き燐ならむルリタテハ春の林に浮かぶ

ここからは他人の記憶ゆっくりと入りゆくときに水草光る

石の螢

みずうみは深呼吸せり春空へ黒羽《くろは》の鷹を押し上げてゆく

ぬっくりと火の見櫓は立ちながらみずうみのうえ春のひろがり

ぷつぷつと欅の芽吹く昼日なか三階建ての教会が見ゆ

自転車に身体《からだ》をからめ夕暮れは疲れいるなり春の古池

木から木へ飛びうつる鳥　早春のおおきな風のねじれのなかで

てのひらに石の螢をのせながら大学図書館地下へ降りゆく

朝雲は壁画のようにしずかなりチェルノブイリ死者三十一名

図書館の裏庭に来つ春雨の育てていたる大みずたまり

死をペパーミントのように口にしてベッドに腰を掛けていたりき

夕雲は蛇行しており原子炉技師ワレリー・ホデムチュク遺体無し

春雨をさびしみながら傘のなか歩幅ちいさくあゆみておりぬ

帰宅

ごんずいの赤く熟した実がありぬ会社に通うほかなき朝を

敷石の隙間を鳩がつつきおり駅の広場は日溜まりの底

ゆうぐれは駝鳥の背中で眠りたい　灰色の毛にくしゃみしながら

眠ろうと努力している眼玉かな池袋駅近きホテルに

ひといろに雪のうずめし野を過ぎてうらさびしかり列車は鋼《はがね》

出張に疲れし夕べ雪道にちいさき焚き火が置かれていたる

とりあえず家に帰ろう水鳥を下から照らす川のゆうばえ

ゆうぐれは遠いところが明るくて火箸のようにモズ鳴きしきる

雪の日にからだのまとうさびしさをこすり落として家に帰りき

雪の廊下

春の陽に縮みゆく雪　おさなごの血液型の通知が届く

おさなごの生まれる前は遠くまで歩き山辺で辛夷に遇いき

淡雪に電話番号思い出す学生のころ住みたる部屋の

ぼうぼうと春の雪降るこの町に貯金をしつつぼくは生きてる

あしくびは眠りのなかを横切りて雪の廊下へ出てゆくらしい

朝の月しろく透けおりくだものを庭にならべて鳥を喚ぶ妻

まるめろ

椎の木の意識のなかで濡れている墓あり古き撫で肩の墓

裸足ならまだ遠くへは逃げてない菜の花畑の泥跳ねあげて

病院の中庭に出れば梅雨探しゆたかな水はアメンボを載す

薬嚥《の》むためにもの食うごとき日は遠くで夏の雲うごきおり

芭蕉句集存疑の部にはまるめろの句があり黄いろく実るまるめろ

高野川

九七年四月一九日転居

箪笥ほかまだ残りいる部屋内《ぬち》にみつばちひとつ入りて迷える

しんねりと髪冷えながら湯上がりの家族は春の灯の下に居る

高野川、川のほとりに道生《あ》れてほたるぶくろの花膨れおり

細き葉を羽黒《はぐろ》蜻蛉はつかみおり高野川その水上《みなかみ》に来つ

山の辺の梅雨の合間のうすあかり繊毛の花ねむはひろぐる

朝の蟬　安藤美保の事故死せし比叡の見ゆる町に暮らしつ

死ぬことを考えながら人は死ぬ茄子の花咲くしずかな日照り

船の殻

梅雨の夜の空気のぬくきコピー室わらびのような影が差しおり

雨の夜に蛾はぼってりと窓に居つ　残業の尾を長く曳きたり

五月三十日　新潟県巻町を過ぐ

海風に白き電柱ことごとく電力会社はポスターを貼る

シミュレーション画像に赤く染まりけむ大《おお》松林海を塞ぎて

砂浜に引き上げられし船の殻《から》五月の果ての陽に炙《あぶ》らるる

原子炉はありどころ無く赤き陽に鉄塔じりじりと屈折したる

黒魚《くろうお》のべたりと窓にいるような夜半《よわ》の「のぞみ」に孤りとなりつ

梅雨の三叉路

こどもの声まばらとなれり公園に雨降る前
を葉切蜂《はきりばち》飛ぶ

手遅れの会議は長く続きおり樅の木に降る
きれぎれの雨

わが意見採り入れられず魚《うお》臭き雨の降りい
る街区を帰る

帰路すこし変えて帰りぬあじさいの青き庭
からカレーがにおう

ぬっしょりと濡れる椎の木　雑用は明日に
なっても雑用のまま

学生の我はいずこの草むらに消えてゆきし
や梅雨の三叉路

雨の螢

雨の夜の螢を見にゆく妻の声留守番電話に
吸われておりぬ

自転車に載せられし子は坂に来てギアチェ
ンジする音をよろこぶ

子のなかに眠りの液が溜まりおり抱いて和
室の隅に運びつつ

螢籠見つつ眠りしおさなごは夜半に尿《ゆまり》を漏
らせるらしも

樅の木は夕光《ゆうかげ》を脱ぐ　そういえば妻がもっ
とも年上の家族

複雑系

蓮の茎揺らして黒き鯉が過ぐ〈複雑系〉か
斎藤茂吉

アララギがあららぐころの夜の雨鶏《とり》の笹身
をあぶりつつおり

眼は二つ脳《プリオン》につながる　牛の眼のまわりを
茂る黒き体毛

「鵙《もず》は『ガリア人が〈円都は〈滅びた〉と言
った〉と言った』と言った」

ヨルダンの岩塩を吹く秋風を鼻梁に受けて
歩みきイエス

山雨

白昼に見ており犬のからだから鎖が伸びて
樹に巻きつくを

性愛のためともす灯と消す灯あり白蛾のは
ねは窓に触れつつ

人を抱くときも順序はありながら山雨《さんう》のご
とく抱き終えにけり

白昼に駅は鉄路を挟みおり　姦を終えたる
ようなしずけさ

滝に来てようやく腰をおろすかなリュック
の底が岩に当たりぬ

羊歯の葉の垂れさがりいる古き水やんまは
水を刺して去りたり

死者の長い睫毛に触れて帰り来ぬ石に貼り
つくトカゲの光

枇杷の木のびわあかりかな雷雲の過ぎし夕べに水買いにゆく

美しい下着のようなゆうまぐれ二人は足を伸ばしていたり

人はみずからの口の大きさにあくびする板塀の辺《へ》に立つ月見草

ゆうぞらに無音飛行機うかびおり泣いて涼しくなりしか人は

白い手はいきなり過去になっていた　自転車の輪が草をはじけり

銀青のつばさは伸びて有視界飛行の終わる夏の夕暮れ

〈ＡＮＡ〉青く刷られし紙コップ雲光るころ唇に当つ

白桃を電話のあとに食べておりゆうぐれ少し泣いた　ほんとだ

II

烏有

ふゆぞらの広いところに出でし陽が南京櫨《なんきんはぜ》の白き実に照る

朝雪の短き時間きみと居て髪のうえから首すじに触る

枇杷の花終わらんとする町に来つその日のうちの夕あかりかな

山国の大つごもりにざりざりと凍りていたる鹿肉を食ぶ

失せびとが庭をとおっているような　焚き火に向けた膝かゆくなる

猫の目は時雨大路を黒くする　エコエコアザラク　エコエコザメラク

日の落ちてそこはかとなき空の青せんだんの木に懸かりておりし

みごもりし妻と入りゆく冬明かりきめのこまかき時間の過ぐる

子を生みてふたたび子を生むまでの間椿《かん》が立っていたのだ庭に

朝雪にコートの釦おおきくてみごもる妻はパン買いにゆく

むらのある風に吹かれて青き凧ゆうべのそらにぐらついており

人体の錘《おも》りをつけて洋凧は大淀川のうえを飛ぶなり

あたたかな年の暮れかな橋脚を濡らしていたる低き水面

きりきりと張りつめてゆく凧糸に寄り添いながら家族若けれ

昨夜《よべ》聞きし予報のままにおぼおぼと雨正月になりにけるかも

水霊《すいれい》はひいらぎの葉を伝わりてほかからの音おりふし聞こゆ

一月八日

枝伝う野猿は腰の大きけれ赤山《せきざん》禅院冬ふかまりぬ

山冷えて山は寺院を冷やしたり大根焚きの黒鍋に寄る

桑の枝つよくつかみて鴉啼く比良山系は雪となりつつ

京都北山でCOP3がひらかれていた

あたたかき時雨は山を濡らしたりやがて烏《う》有《ゆう》とならむしずけさ

しぼむように道は野に消ゆ雌《め》日《ひ》芝《しば》を風すやすやとおりゆきたり

小倉

紙厚き名刺は早く減りゆきぬビルより出でて鵯《ひよ》の鳴く町

河豚鍋の幟のそよぐ朝空に切れ込み深く城は立ちおり

五衰して冬陽は差せり小倉《こくら》城石垣下を黒猫曲がる

河原にゆうべ無数の棒となり泡立草は枯れていたりき

ほんとうの生家は羊歯がはえていた　雪の吸いつく黒傘を振る

遺体より重き棺のありぬべし青杉に雪点々と落つ

身に覚えなきさびしさはマフラーに唇擦《す》れてものを言うとき

足もとから時間の湧きてあゆみおり冬青竹の一管《いっかん》そよぐ

アスカリス

冬晴れの金比羅坂に空き地ありそのさき目黒寄生虫館

さなだ虫やわらやわらに畳まれて標本壜に収まるあわれ

冬の陽は標本壜にしろじろとそよぎをやめしかたち蛔虫

人体に裏道ありて不知火は濡れたるかべを照らしつつゆく

節分の大き目盛りの下にいてがまずみの実の赤かりしこと

山の辺の春はひとつにつながらず三椏《みつまた》の花ここに咲きつも

芹の花

里芋の葉を水玉の逃げてゆく　かすかに孕《はら》み妻は立ちおり

水たまり消ゆるのを見たことはなく麦わらとんぼやわらかに飛ぶ

〈九条山〉明日は廃駅　青羊歯《しだ》のしげりの下に降りゆきし人

田の水に顎無《あぎなし》の白い花を見きみごもるまえの短き旅に

妻とわれ旅の疲れが異なれり靴を濡らして芹の花に寄る

わらび餅売る声ひとつうごきゆく八月終わる旧街道を

子に怪我をさせてしまえり甃道《いしみち》に蟬声の輪はせばまりてくる

赤彦が深山《みやま》に詠みし露仏《ぬれぼとけ》　ブロッケン現象ならむおそらく

汗あまき夕べとなりてからすうり繃帯いろの花を点《つ》けおり

桃剝きし刃の濡れており食べるとき人の疲れは露わに見ゆる

いかの身の透けて山葵《わさび》のみどり見ゆ上田五《ご》千石《せんごく》死ににけり

坂田博義論を書く日々

死者の歌引用したり地の文と触れ合うところ霙ながるる

霜の夜に若き遺族の座りいし畳をおもう裏路地を来て

甲冑を見にゆきし昼とろとろと水草紅葉に腐《ふ》のすすみたり

檀《まゆみ》の実あかく垂れたる朝方に春雪降りて庭をはみだす

この夕べ脂に曇る刃のように近江のうみは
春ふけわたる

鳥を盗みし男

鳥を盗みし男ならむか石壁にほそながき影
垂らしつつゆく

傘閉じて乗りし列車はいつしかに〈御陵《みささぎ》〉
という地中駅に入る

夕餉のあと本より顔を上げぬ吾《あ》をおさなご
はつよく憎みいるらし

ある夜の家族は絵本なのだろう耳の萎《しお》れた
うさぎが泣いて

旅先に硯を借りるさびしさはさみだれなら
む尾花沢まで

せつせつと岸辺の雪をけずりつつ彎曲ふか
し春の信濃川

ほのぐらく春は来たりぬわだつみゆ川に分
け入る波頭《なみがしら》ひとつ

鐙《あぶみ》という雪ふかき町ひとたばの名刺を持ちて昼をあゆみし

廃園は春のひかりに栗色のびろーど*吊り虻ゆりいづるかも

*びろーど吊り虻は虫の名

午後四時の春の陽ふけて水中に鷺さんぼんの足指が見ゆ

やまいだれしずかに垂れてくる午後を石より石へ黄鶺鴒《きせきれい》とぶ

春雨のあと

病棟に待ちつつあれば雨雲は月を埋蔵してうつろいぬ

春雨を廊下に聴いているうちに産み、産み終わり妻はかそけし

みどりごを妻の胸よりはずすときこの静かなる軽《かろ》さは何を

子は生まれまだこの家に帰り来ず桜の群れに夜の雨ふる

「母さんのふとんも敷け」とおさな子は声しぐれたり妻の居ぬ夜に

病棟をつなぐ短き石だたみ春雨のあと紋浮きいづる

春の陽のはつか尾を曳き松ヶ崎大黒天に沈まむとすも

二十代終わらむとしてふたりめの子を抱くいつのまに熟れしかな

風に葱折れたるもあり米原《まいばら》の長い駅舎に春の陽は照る

＊

源五郎ほか

そこに木の立つことだけがほのかにて暗黒を啼くほととぎすのこえ

壁に泥塗りては空にひるがえる燕見ており隣家《となりや》の子と

蒼天をのぼりつめたる雲雀よりひとすじの糸野に垂るるべし

死魚《しにうお》のあぶらは水にひろがるをゲンゴロウ
飼う秋ふけにけり

死魚の腹に食い入る黒き虫あなしずかなり
この吸血は

梅雨のなごり

蚊取りの火じーんと闇に浮かびいて無言に
待ちぬ子どもの眠り

なかなかに眠らない子は雨蛙　喉やわらか
き声に呼ぶかも

雨の夜は河童が来るぞ嘘ちゃうで玄関の前
ぬたりとろんとろん

足腰のぬるくなりつつほの白き漏斗のなか
へおちる眠りは

赤ん坊お腹《なか》のちからで泣きにけりぼってり
として梅雨臭い部屋

小夜ふけて葱はシベリア原産と書かれし箇
所にわれ行き当たる

子が眠り妻の眠りて山葡萄色の夜中にわが
眠り足す

掃除機のなかを電車が走ってる　おさなご
言えり梅雨の籠もりに

味噌汁を吐き出した子を叱りおれば途中で
妻が割り込んでくる

ひもじくてアーモンド噛みいたりけり梅雨
のなごりを曳く地下駅に

物音の透きとおるまで疲れおり夜更けの卓
に梨の皮濡れて

オットーン鳥

夏至の日の夕映ながし過《よ》ぎりしは蝙蝠の羽《はね》
桃いろに透く

デパートに鈴虫の鳴く一隅《ひとすみ》は鍾乳石をさわ
る心地す

蜩は網目となりてこの山を鳴きしきるかも
黒き杉山

山霧ゆオットーン鳥の声は漏るオットーン
鳥のゆうまぐれどき

盂蘭盆

おさなごを預けに来たるふるさとの畦道に白しみぞかくしの花

夕影のすべり台の下に待っておりあわあわとした父なれど父

生家ありおしろいばなのむらがりにがりがり錆びて本棚が立つ

宮崎では苦瓜を〈にがごり〉と呼ぶ

にがごりを煮る夕べかなふるさとでもう勉強をすることはない

大寺に眠蔵《めんぞう》とよぶ部屋ありて物を眠らす碁石もねむる

蜩の鳴く谿川をのぼりきて数字疎《まば》らなり駅時刻表

椎の葉の散る山の駅ほそながき箱におさめて乾《ほ》し蝮《まむし》売る

子が生まれどこにも行けぬ盂《う》蘭《ら》盆はつくつくぼうしの声の谷間に

赤蜻蛉霊ひとつずつはこべると聞きしはいつか草はらにいて

蜆蝶の時間

家中《いえじゅう》に塩が溜まってゆくように赤子は泣けり十月の夜を

枇杷の木にカネタタキ鳴く　家を借り一年、暗い家路ができた

ねこじゃらしうすぼんやりと垂れる道　もう泣き声の聞こえるわが家

頭《ず》のなかで石の割れたる感じして子の頬を撲つ飯食べぬ子を

時間の葉ひろげておれば兄妹《きょうだい》の幼虫が来て食い荒らすのみ

月光の足りない道をチャップリン真似てあゆみき山本五十六

ぼってりと陽を浴びている鶏頭に蜆蝶の時間が混じる

どくだみの白く咲く庭おさな子は割箸鉄砲かまえているな

みぞそばを濡らす川霧この川をふるさととして子らは生きるか

四国

子規堂は狭き暗がりさみどりの鉈豆の絵がぼうと貼られつ

ひえびえと四国かここはさざんかの白く散りたる古路地《ふるろじ》を入る

淡雪の町に泊まりぬ闇のなかねむりを呼べばねむりはこだま

春雪《はるゆき》のきゃしゃな降りかた　綿シャツに包まれながら皮膚はさびしい

春はひとえ、ふたえと来たりはくれんの梢に雨のそそぐをみれば

黒き鷹

馬の絵の漢字ドリルを売りにゆく双ヶ丘《ならびがおか》中学校、衣笠中学校

川べりのけやきの枝の黒き鷹ゆうぐれとともにうごかざりけり

水道のメーター銹びし隣り家は白くちぢれる枇杷の木のはな

鬼遣らい

鬼遣《や》らい過ぎてふたたび降る雪のだれにも会いたくない大き傘

川べりの白梅の木に遇いたりき泊まりし日なりきそのころのきみ

妻が泣き部屋は脱色してゆけり水栽培のにんじんの葉も

菜切りの柄《え》かたく握りし妻の指いっぽんいっぽん引き剝がしけり

われはわが脳を死ぬなり黒犬のかたちが視野にひろがりゆきて

糊のように疲れし我はゆうまぐれ山茱萸《さんしゅゆ》の黄の花に寄りゆく

いそっぷのきつねのようにおさなごはスープ飲みおり春の雪ふる

マンホール鉄蓋《てつぶた》のうえジャイアント馬場は死につつ立てり月の夜

青い玉

かなかなの声をまるめた青い玉いつの秋より壁に吊るせる

冬四時の陽のあかるさや啄木鳥《きつつき》が山の林の一点を打つ

熱病みて一日《ひとひ》ねむりしうすやみに金襴《きんらん》はかなひなまつり過ぐ

病むわれを忘れしように夕ごはん子は食べており箸かちかちと

すでに怒りを言葉にしない妻にして笊に苺を洗う音する

ああ今年も辛夷の花は終わりなり病院を出て光を食べた

おおざっぱな人が好きだなおおいぬのふぐりの咲いた畦道に出る

たらの芽

たらの木はこんな明るい崖に立つとげぎしぎしと風の吹く昼

山二つ重なり合えるゆうぞらは林を透けてしばらく残る

ひよどりを子どものころに食いしとう父と歩めりこの笹谷を

たらの芽の天ぷら食えばほのかなるとげもうまけれ夕闇深し

四月七日

隣家《となりや》の通夜のあかりが磨り硝子にふくらみながら映りていたり

おさなごのおもちゃをめぐる諍いは肝臓《レバー》のごとく赤黒くなる

ひくひくと妻の泣く部屋テレビより美川憲一の声が混じりぬ

泣きやみてしゃっくりをする子と歩むまだらに残る川辺の桜

櫛の目を通りしような陽のさしてつぐみがあるく落葉のうえを

石段に水のあかりの揺らぎおり疲れのふかきわれが座りぬ

校庭に石灰車《ぐるま》を引く人は春ゆうぐれにまっすぐ歩く

鳳仙花の種で子どもを遊ばせて父はさびしい庭でしかない

河土手

若ければ借りられる金　にんにくを吊るした部屋に陽はまざりいて

借金のつくる不思議な時間かな三十年後の藤の花まで

楠の春の落ち葉のむざむざと父の退職金を借りにゆく

鯔《ぼら》のごとき親族の口ものを言うつづまりは家を買うなと言えり

ふるさとに住むほうが楽、それは分かってる鵯《ひよどり》が喰う桜はなびら

隣部屋より伸びてきた紙の筒うぉーいうぉーいとおさな子が呼ぶ

曇天に石原慎太郎座る混凝土《コンクリート》を着て座るかも

借金の太釘《ふとくぎ》を打ちこまれたる春の暮れかな河土手に出る

夜光

戦争を紙で教えていたりけり夜光の雲が山の背をゆく

教科書に載る〈南京〉を金輪際《こんりんざい》消しに来るなり赤黒き舌

南京にあらざりしものをなぜ書くと生者《せいじゃ》の声は群がりて深し

葉桜の盛り上がる窓　かたまりてラーベの日記を過ぎゆきし死者

蛙のように横隔膜はへこみつつ銃殺まえの水飲みしかな

足と背のずれたるように立ちたれば青黒《あおぐろ》き銃構えられたり

宮崎県都城市は父の故郷

黒焦げを「け死ね、け死ね」と踏みにけむ市街に入りし都　城《みやこのじょう》連隊

焼け残る水道管につまづきて黒衣の神父あゆみ去りしか

繃帯にしみつく膿のねらねらと南京事件の嘘を言うのみ

葉桜を裂く日の光　学生に姦を教える是非におよびつ

虐殺の写真は偽《にせ》と断言す断言は深く人を酔わしむ

物言わず賛否の賛に従いし会合のあと夜の木は立つ

石壁にあかがねの陽はさしながら蟷螂《かまきり》ひとつ腹部垂れたり

校正しついに消しおり〈南京〉を虫の体液ほどのインクで

六万の穴を掘られし南京に夕雲の藻はなが
れていたり

ジャメイカ・キンケイド

水ゆるき卯月なかばの田がつづく旅しつつ
読むエイズの記録

卒業後離れし友の訳したるジャメイカ・キ
ンケイド読みゆく旅ぞ

切り花のように痛みしペニスとぞ頁《ページ》に淡く
水田《みずた》のあかり

読んでいるページをいじる幼な子の指は見
えずき学生の日に

冠雪の幾筋垂るる伊吹嶺《いぶきね》の車窓にありてや
がて流れつ

深く欠けゆく月

肺を病むひとりを囲みふるさとは深く欠けゆく月かとも見ゆ

からだから汗の抜けつつ死にゆかむ麦のはたけの夕深きとき

くすみたる陽のさしながら青鳩は林のなかに啼くこちらむき

しずしずと皮膚が沈みて死の影の生《あ》るるを見たりこすもすの辺に

計算にすでに入りたる死のありてさざんか園のひかりひさかた

お前もいつか死ぬんだよと母は言わざりきいや言ったかもしれぬ秋草

うすみどり蜉蝣の羽に触《ふ》りゆきし夜のぬばたま大きかりけむ

もうこんな時間かというように死は、陽あたる道のひいらぎの花

双石山

こめかみの削《そ》げたるように病む人のかたわらに居て朝の日溜まり

病室ゆ双石山《ぼろいしやま》の見ゆるなり死にゆく人にひらく朝窓

病む肺をうごかしながら言う声のほの暗き声われに聞きとれず

一年を介護して来し叔母のみが言葉わかりてわれに告げたる

死ぬ力まだ残っているのかと黒ずみし祖母見下ろせるのみ

ひよどりがきいと啼きたり老いびとの皮膚をとおして骨に触れいる

たった今ねはんの過ぎてゆきたるとひざしの揺れのなかに山鳩

秋の陽はあたたかなれど眼球をふたつ埋《うず》めて死者のまぶたは

死に終えて祖母はねむれりあおあおと輪郭のみを泛かべいる山

ががんぼのごとくゆらゆら解剖を断りにゆ
く祖父の背が見ゆ

くつわ虫鳴く夜の降《くだ》ち顎引きて棺のなかに
祖母横たわる

白粉を塗りたる祖母の頬あたりドライアイ
スの露つきており

つゆくさのようにひととき泣きいしが喪服
を買いにゆけりいもうと

遺族にも濃淡ありてびろーどの秋の陽射し
のなかにならびぬ

しら菊のうえの遺影に祈るとき掌の皮膚湿
りていたる

秋陽さす道に棺をはこびだし喪服に付いた
木屑を払う

エレベーターの扉のごとき火葬炉におがみ
ていたり腰の寒けく

藍色の楓の浴衣干してあり死にぎわの汗吸
いたるものを

鶏の歌

宮崎・護国神社に放し飼いの鶏を見にゆく

この朝の風軋むかなにわとりは顔面に赤き嚢《ふくろ》を垂らす

杉の皮剝《む》け落ちたるを踏みてゆく護国神社のにわとりの声

人死ねば帰るふるさと鶏は横切りゆけり石垣のくずれ

鶏の黄いろき脚が砂に立つ　徴兵あらば甲か乙か丙か

*

人の死はまだあたらしく石蕗《つわぶき》の葉にゆうぐれのひかり添う庭

子らと居てろくろのように回りたるふゆの一日《ひとひ》は早く寝るべし

野紺菊くずれ土塀に咲いており妻の書くうた妻より淋し

山の影

——宮崎県東郷町越表《こしおもて》分校

板塀に飛びだした釘　あたたかな冬の陽さ
して廃校ありぬ

なつかしい尿意のありて足うらのつたわり
てゆく黒い板の間

霧のなかわたりていたる固い橋すれちがい
しは死に馬のよう

ひらがなのまだ読めぬこころわが前をひくく
過ぎしかひえつき節《ぶし》は

山あいを速度をあげてゆくバスにまばたき
のごと新墓《にいはか》は過ぐ

われはひとつづきのときを生きながら幼き
日より山の影さす

あとがき

数年前、比叡山が近くに見える町に引っ越してきた。ある春の日、幼い息子を後ろに乗せて自転車を漕いでいると、

「ひっこしのとき、いえのなかにこどもがうかんでたなあ」

と息子が言い出した。

「こどもって？」

「ぼくとおなじくらいのおおきさのこどもがいえのなかにふわふわうかんでた」

いろいろと尋ねてみたが、手伝いに来ていた叔母のことなど、引っ越しの日のことはかなり正しく憶えている。ふだんと同じようにしゃべるので、嘘をついているようにも見えない。話を聞いているうちにだんだん薄気味悪くなってきた。

ザシキワラシでも見たのだろうか、と妻は不思議そうに言った。

第二歌集『夜光』には、二十五歳から三十歳までにつくった歌を、四四〇首ほど収録した。西暦でいえば、九四年の秋から九九年の春にかけての歌ということになる。二人目の子どもも生まれ家の中は賑やかになった。大人の時間や幼な子の時間が入り混じりながら日常生活は流れ去ってゆく。

書名は歌集中の一首から採った。夜ふけ、比叡山を包むように、ぼんやりと光る雲が現れることがある。あれは遠い月のあかりを反射しているのだろうか。

今回の出版も、前歌集と同じく、田村雅之氏にたいへんお世話になった。心から御礼を申し上げる次第である。

二〇〇〇年二月二十日　　吉川宏志

『海雨』（全篇）

I

遊就館にて

疾風に傘を揉まれてあゆみいる市ヶ谷はまだ春浅きなり

看護婦の顔のまじれるうすずみの遺影の部屋をわれはあゆめり

遊就館は、靖国神社の宝物館。

口元の笑う遺影の拡大は無数の黒き点《ドット》がわらう

軍服を着せられている人形《ひとがた》が魚影のごとく廊下に立ちぬ

下腹に固き尿意のきざしつつ遺書を読みおりおびただしき数の

石廊下あゆむにつれて戦死者の和歌は林のようにならびぬ

読みながら蒸発するごとく忘れゆく遺詠はどれも御詠《ぎょえい》に似たる

日の丸論書けざりしまま黒髪の縫い付けてある日の丸に遭う

ここからは呼び名が変わり大東亜戦争　泥が美しくなる

君が代をみずからのことと思いつつ聴きいし人はひとり老いしか

錆止めを厚く塗られし榴弾《りゅうだん》が春の曇りの庭に立ちたる

特攻機「桜花」の前に賽銭箱に類するものが置かれていたり

公園にゆらぐれ伸びる木の影を伝わりながら子どもがあるく

生き霊に死霊は混じり桜ばな散りたる庭に蟻が出てくる

ごはんつぶ

金蚉《かなぶん》のひとつぶ落ちている道にゆうべするどき雨走りたり

碧南《へきなん》という町に来つ夏の陽にいちじく畑の重なりは見ゆ

水中の瓦にふかく陽はさしてここに滅びし藩校ありつ

大垣はみじかき橋のならぶ町武者溜橋《むしゃたまりばし》ゆうぐれに越ゆ

七夕の笹にからだを擦《こす》られて家に帰りぬ赤子泣く家

おさなごの椅子の裏側めしつぶの貼りついており床にしゃがめば

遊びたい寝るのは嫌《いや》と子は泣けりこんなにわれは眠りたいのに

何も言わず納屋に閉じ込めたきものを口で叱りぬ口いがいがと

この夜を妻は黙せり千本のこよりをつくる女のように

ぽつぽつと夜の畳に拾いゆくごはんつぶたち風呂場に向かう

おさなごがテレビに貼りしシールかな筑紫哲也の顔に影浮く

引っ越しの終わったあとの空き箱にぼやぼや髪のむすめが入る

家裏に弱く流るる水ありて犬蓼が垂るわが去りし家

塩おにぎり

汗太くながれていたり山道に塩おにぎりを立ったまま食ぶ

朝露のくぬぎの木から引き剥がすくわがたの脚ちぎれぬように

雨後《あめあと》の森をあゆめばねっとりと眼鏡に蜘蛛の糸は貼りつく

山中の小公園に水照りて信長のごと雀蜂来る

かたむきて湿れる道にしろじろと茸が立てり茸の浄土

サンダルをぺたぺた鳴らし後ろから子がついて来る我が撲《う》ちし子が

てのひらに黄色き液を垂らしたるテントウムシは手の甲へゆく

たらの木に白き花咲く夕まぐれ山の厚みを感じおり皮膚は

黒彦《くろひこ》という感じかな靴箱の上に置きたる山の栃の実

ねむの花

もやもやとねむの花咲く川筋にくずれておりし赤土を越ゆ

あなただけおぼえていればそれでいい螢は黒き水の上ゆく

電子メールあらざりしころ逢いしなり草の実のごとさびしくなりて

このほたる明日は死螢《しぼたる》　みずくさをケースに入れてやりぬ夕べに

ひとりごとのように忘れてしまうだろう橋の根元に咲くねむの花

感光

おりがみの祭りのやがてはじまるとゆらぐれ暑し敦賀《つるが》の町は

原子炉をどう教えるか　研修の続く窓辺に赤蜻蛉澄む

この馬穴ですと言われて秋の日の馬穴のようにわらうしかない

ウラニウムの知識無きゆえ死にたりと、生ある側に知識は満ちて

ゆでられて殻赤くなる蝦《えび》のごと感光したりひとのからだは

石油が無くなると脅かす論法は昭和十六年にもありにけるもの

青き光浴びたるのちの二ヶ月を昭和天皇のごと生かされつ

樹皮

地上しずかに冬至の位置に近づきて櫟《くぬぎ》の樹皮のあらあらしけれ

絵馬に蠅ぽとりととまる冬晴れの大黒天にのぼりきたりつ

今われは小暗き紅葉、蜿蜒《えんえん》と歩いてからだを疲れさせたい

樹皮の裏小さな赤き椀のごとテントウムシは冬ごもりする

こきざみに葉を落としいる櫟見ゆ登りとおなじ道を降りれば

冬の日は器ばかりが目立つかな茶碗に藍の草なびくなり

石崖を低くながれる冬川に玉子パックの捨てられてあり

いまだ暗き朝の川面を見下ろせば手すりのうえの軽雪《かるゆき》が飛ぶ

顔面

謝りに来いと言われてナナフシのごとく立ちいつホテルロビーに

あらかじめ決めし言葉に謝りおり革靴の尖《さき》黒く見えつつ

「誠意」とは結局金のことならむ十万ならば出すと告げたり

金額をあらわにすれば怒りいし人が卑屈な表情を見す

顔面の力で男は断るなり河の明かりにさらす顔面

比良の町雪のなかから生えている小さな橋をわれは渡りき

捨て雪の積み上げられし路地を来つ鰤大根を食わむ食いたし

黒板に〈なまこ〉と書かれいる店に人のすきまを見つけて座る

くちゅくちゅと輪切りの海鼠《なまこ》嚙みながら〈吉乃川〉とう酒に親しむ

五十六生家

紙相撲たおれるように冬の日は終わってしまう机の上に

死ののちに見つからむ性の写真など抽斗にあり昼に降る雪

夕路地にかたむきながらまわりいる独楽を励ます妻の大声

幼な子を寝かせておれば天井は黒い田んぼのように下り来《く》

布団から子どもの鼻はつき出たり雪の夜更けにずうずうと鳴る

越後長岡に出張

雪消しの水撒《ま》かれいる駅に着き片側の扉《ドア》いっせいに開く

雪に穴あけつつあゆむひのくれに五十六《いそろく》生家は雨戸を閉ざす

髪黒き人形〈真珠湾《ますみ》〉立ちており五十六遺品陳列のなか

海軍一式陸上攻撃機

ちぎれたる鉄のつばさが展示されたりわが腹あたり鉄と向き合う

まんさく

轌道《そりみち》をのぼりきたりてまんさくの黄の花に
遇う長きのぼりに

山道に軽い日射しのさすころをのぼりてく
ればたらの芽はまだ

眉白きつぐみの来るは楽しかり雪溶けて輝《て》
る朝の林に

祖父の部屋

ハルジオン、妻が言うにはヒメジョオン
触れれば小《ち》さき虫の飛び散る

熊蜂の墓つくったと子は言いて土掘り返し
我に見せたる

給食の献立表に「かしわ餅」あれば楽しも
五月はじまる

米寿の祝いのため、帰省。

衛星《ビー・エス》放送をながめて暮らす祖父の家に日経
新聞いまはあらざり

イチローの打席まで横に座りしが立ち去りにけり祖父の部屋より

雨降れば雨の間《ま》に立つ花あざみ祖母の死後濃くなりしふるさと

胸うすき我のからだは祖父に似る丙種に合格せざりし身体《からだ》

りんご包む網《ネット》のような帽子かな日暮れの庭に祖父は出ている

返戻

「返戻《へんれい》」はだれも読めずに空白の入社試験を採点したり

古本屋消えているんじゃあるまいな枇杷の実の照る辻を折れつつ

夜の時間を味方につけて書いてゆくエッセイのなか祖母が来ている

原稿用紙のまんなかにある橋は何　ほととぎす鳴く夜にひろげて

春の夜に墨すりおれば「坊さんのにおいがする」と子どもが寄り来《く》

無限反射

雲多いけれどひなたの残る日よおいらん草の莢実《さやみ》が垂るる

体育を休んでおれば秋の昼プールの底の砂が透けたり

少年のからだにわれの在りしころ鶏頭の赤にぎりつぶしき

ぐりぐりと頸《くび》をまわして指を噛む網のなかなる大おにやんま

地下鉄の窓ガラスこきざみに揺れアンネ・フランクの目鼻が映る

夜の草ふかく茂れる駅ありて無限反射をする虫の声

金属に物音の棲む夜となる颱風ひとつ近づきくれば

樽

ゆうぐれの路地に樽ありくろぐろとおびただしきは泥鰌がおよぐ

雨の昼「めばえ」のふろくをつくりおりキリトリセンがぷつぷつと鳴る

人形のあたまに毛穴びっしりとあり金色の毛が垂れていて

五階より見れば大きな日なたかな墓の透き間を人はあゆめり

ふるさとに棲まざるわれに祖母の忌はふいに来ていつ　陽にひかる雨

水のあるほうに曲がっていきやすい秋のひかりよ野紺菊咲く

年末年始

いつとなく雨のやみたる家並みに輪投げのような冬の陽がさす

「手短《てみじか》」は差別語です、と電話あり教師の声は朗々として

帰り道穴のある雲見上げたり穴のなかには星ひとつ浮く

ほのじろく年末年始の時刻表貼られて夜の駅しずかなり

雪のあとあおくみなぎる陽のさして幸せそうな墓石がならぶ

いつか僕も文字だけになる　その文字のなかに川あり草濡らす川

蜜柑のランプ

冬空はどこから見てもがらんどう　強き胃を持つひよどりが飛ぶ

明日会社に行けば怒りを浴びるだろう眠らん足を暖かくして

謝りに行けば上司は来ておらずコクヨの机が朝の陽に照る

ミスしても死者が出たりはせぬ仕事、そう思うしかない冬晴れに

正誤表つくりておれば薄赤くきのう節分の空暮れてゆく

異物飲むような音して寒の夜エレベーターはくだりゆくかも

ワープロの筆文字で打つ詫び状にわが名はあらず会社名のみ

みずからを鈍感にしてあの部屋にいたのだ顔に霙《みぞれ》降りくる

これ以上冬が続くと壊れそう　祠のように消火器ありて

はたはたと自動改札とじひらき山茱萸《さんしゅゆ》の黄の花をとおせり

オリオンの四隅が寒しわが家に入らんとしつつ路地より見上ぐ

黒き段吸い取られゆくひとところすっと越えたり子の手を引きて

竹籠に家族の下着ふさふさと集まりてくる雪ふる夜は

子どもらの入ったあとの湯は寒しヤクルト容器がぽっこりと浮く

ふたりの子生みたる妻は湯に座る　運がよかっただけかもしれぬ

自死したるアーシル・ゴーキー絵のなかにとかげのゆびのあそぶゆうぐれ

今日という一日《ひとひ》は使い古されて居間の机に黒ペンならぶ

胃のなかに蜜柑のランプを灯しつつ書いてる、出だしが決まれば速い

淡雪はくっつきながら落ちてくる　思い出せない顔うつくしき

山窓

淡黄のキブシを描きし画用紙はまだ乾かずに砂ぼこり付く

パレットにわれのつくりし草緑「いい色だな」と子どもは使う

山窓という語に遇えり山の間のあかるいところ木苺のはな

みぎひだり目の大きさの違うかお　子はうずくまり画用紙に描く

滝の横ゆっくり落ちる水のあり青羊歯《あおしだ》の葉をつたわりながら

鮎太、修学院小学校に入学

吹き替えの映画のように君が代のピアノにあわせ口の穴あく

右の目の赤く光れるわが写真さびしみ見おり母が撮りたる

あたたかき雨夜は二日前のこと録画したりし『菊豆《チュイトウ》』を観る

夏の墓

一

墓石《ぼせき》無き千鳥ヶ淵の墓地に来つ箒を入れるロッカーひとつ

透明な数だけが照るこの地下に三十五万の遺骨はあれど

ほんとうは三十五万の墓石を濡らすべきなり黒き夕立

ななめなる切り口もちていきいきと水を吸い上ぐ夏の白菊

韓国に視られいる夏どの人も粘土のようにテレビに映る

阿佐ヶ谷のいなご売る店ゆうかげに無数の脚のからまりが見ゆ

われが見ても子どもが見ても馬の首　しろくそびえる八月の空

二

円通寺の廊を渡りぬ蛾の色の襖は閉じてあるなり昼に

さるすべり白き縮れの花咲きて墓の中の人、人の中の墓

湯のような八月の昼に立ちならぶ春、秋そして冬の戦死者

木のまわりだけが昨日の惑じして合歓の花咲く川の向こうに

この夕べ墓の含んだ水分がもわもわと宙に
返りゆく見ゆ

ふと言えり「涼しい風が吹いてくる」　それ
はだれかの死に際の言葉

黙　す

諍いのつづける夜半《よわ》に扇風機おおきな顎を
うごかしており

黙したる人の前にはテーブルがひろがって
いる蛾が跳ねている

この家の沈黙をうずめんとして闇の窓から
こおろぎが鳴く

冷静にわれは聞くしかないのだよ冷静はき
みを傷つけるけど

子を産みし日まで怒りはさかのぼりあなた
はなにもしなかったと言う

性格は変えられぬゆえ黙したり網戸に白き
蛾の腹がある

あきらめは突然に来て低き声「忙しいのはわかっていたわ」

泣き終えて人はねむれりああ外はこんなに明るい月夜だったか

あのころのえのころ草の秋の日は二人だったそして時間があった

ねむりいる人のあたまを吹きいしが足へうごいてゆく扇風機

自転車の後ろに乗せたおみなごは「ついてくるな」と満月を叱る

喪服のなかに暑き身体《からだ》を入れて立つ宵の七時といえどあかるく

葬の夜の机にならぶ筆ペンが稚《おさ》なき文字をわれに書かせる

亡き人の歌集のなかにコオロギの見落していた歌浮きあがる

歌人の名は歌人が憶えいたるのみ狐の牡丹に昼の雨ふる

体温と変わらぬ暑さ、墓原に蟬がぐいぐい鳴きはじめたり

死の日まで続きし意識カーテンの網目のか
げをとらえていしか

このぶんじゃ雨になるかな吾亦紅《われもこう》壁に吊る
して妻はさびしい

II

海雨

単純に一本の河ながれいる宮崎の町さわぐ
黒南風《くろはえ》

空港に母は来ており薄膜のようなる老いを
顔にまといて

川あれば川の向こうに行かざりし幼き日な
りカタバミの花

あじさいの茎に斑点あることの気味悪かりき下校の道に

どの寺もコンクリートでできていて戦後の町は白茶けた町

二本ずつあゆみゆく足　濡れている黒い墓石に大きく映る

墓相《ぼそう》学にくわしき祖父が「猫足《ねこあし》はよくない」と言う夏の陽の下

ひまわりの毛深き茎をのぼりゆくひとつひとつが完全な蟻

わたしらはここで死ぬよと家中《じゅう》に手すりをつくる風呂のなかまで

黒あやめ垂れているなりこの家にだれもいないと廊下がひかる

草の根の抜かれるようにひとりずついなくなるのは見えはじめたる

夜の雨屋根を走れりこの家は父母の家にて父母のみが老ゆ

蘭の鉢ならぶ和室で「京都にはアカが多い」と祖父は言いにき

祖父と居て泰山木《たいさんぼく》の花見上ぐ　何度目か、いやあと何回か

鵜戸の海には鵜葺草葺不合命《うがやふきあえずのみこと》の伝説が残る。

突き刺さる雨もろともに盛り上がる青黒き海、岩場に立てば

男はひそかに女が産む姿を見た。

男の眼ふたつ嵌りていたりけり産屋《うぶや》をおおう鵜《う》の羽の黒

われに無き器官を痛みひるがおのように女は傷みやすきぞ

鮫となり仔を産みている解体をわれは見ざりき白き廊下に

さわらずに視ていた男の眼が去りて産室の血を舐める青蠅

黒松の林の背《せな》をのぼりきて潮盈《しおみ》つ珠《たま》のごとき月あり

古《いにしえ》と同じ速度にのぼる月　檳榔《びんろう》の葉に光沢《つや》を与えつ

鵜葺草葺不合命の子が、のちの神武。

野生種のあじさいが咲く朝の冷え神武の生《あ》れし森に来ていつ

天皇が宮崎生まれのわけが無《ね》え。夕闇畑《ゆうやみばた》に祖母は言いたる

神武とは『古事記』の嘘だ　青黒くひろがる海に書かれた嘘だ

海幸彦《うみさちひこ》いなくなりたるわだつみに太陽一個あかあかと照る

梅雨の雲みなみに垂るる　浩宮もやはりおむつを替えるべきなり

ベストセラーらしい。

六十万冊の教科書ぱらぱらと六十万の神武がうごく

売れる歴史が売れない歴史をつぶしゆくCDケースを割るごとき音

ぶかぶかの闇にまわりを包まれて草の青みを鼻で吸い込む

戦後その途中にわれは生まれたり黒霊《こくれい》のごと茄子の実が垂る

その年の秋

ひたすらに死者を伝うる新聞に昆布のように見出しは黒い

みずからが遺体に変わる瞬間をまざまざと見しかビルの内部に

巻き戻しボタンを押せば飛行機はビル腹部より吐き出されたる

テレビより〈一夜明けて〉という声す　何か叫ぶ英語を背後に置きて

石塀にあさがおの青ふれているビン回収日ビンはこびゆく

壜詰めの〈死海の水〉が売られいる三条界隈さわさわと秋

少し疲れた向田邦子の写りいる雑誌をめくる秋の茶房に

崩落の画像を映さなくなりて数日経ちぬ雨後に照る月

すでに死者をHEROESと呼ぶアメリカのテレビを観おり虫の鳴く夜

ビンラディンの顔佳《よ》きと言う歌人ありフセインのときと同じごとくに

夜昼を降りたる雨にまんじゅしゃげ溶けてしまえり青茎《あおくき》が立つ

アメリカが生贄《いけにえ》をゆびさすまでのひどくしずかな秋が過ぎてゆく

WARとは違う　日本語の「戦争」が新聞の上に黒く濡れいる

寒　星

なにかしら遠くに雨の降りており冬のはじめの土曜郵便

影の山ひなたの山に隣りつつ左京の町は冬に入りたる

替え歌をうたえる声が帰りきてランドセルごとトイレに入る

水口君、《えひめ丸》水口さんと沈船《ちんせん》に遺体のあらぬ一人を呼べり

部屋籠もりしたりし今日のゆうぞらに洗い出されたような寒星

ゆうぞらに浮かびていたる冬星のしばらくのちに見れば双子座

鷹ヶ峰、鷲ヶ峰

石畳濡れてつづけり戦争をうたわぬために紅葉はありき

夕空の青は遠くへ吸われゆき鷹ヶ峰《たかがみね》、鷲ヶ峰ふたつならびぬ

河岸のだれも居ぬ火に近づけば火はうつぶせに燃えているなり

夕山の影はこんなに濃くなりぬ手のひらにのせ小銭を数う

四千の死者より顔は失われ貌《かお》持つ者はテレビに話す

瓦礫道《がれきみち》　そこに死体があるらしくぼかしをよけて兵士は歩む

「えひめ丸」事件とは違う

日本人遺族を映さざるはなぜ　秋の夜固い畳を踏めり

戦争が沈黙を許すことありや栗の落葉に昼の雨降る

この人も

河原鶸《かわらひわ》鳴くころとなり電線はふゆぞらのなかにしずかなる線

掃除機の車輪畳に滑りつつ二人子《ふたりご》の泣く声を吸い取る

兄妹《あにいもと》しゃがみて遊ぶ公園を雪のはじめは黒く濡らせり

初冬のビル街に来て使いおり図書券に居る紫式部

昭和二年生まれの人がビンラディン讃えるを聞く冬の酒房に

アメリカを憎んでいたのかこの人も　鉄板に触れしごとく帰りぬ

雛　壇

今日は過去のことでも書いて暮らそうと窓辺に座る窓は春雪

雪降ればすきまが空に増えゆきて鴉の渡る
荒き音すも

レオはいつ死ぬのとさやに聞かれおりこの
子と同じ三歳の犬

尺取虫《しゃくとり》のかたちが夜の部屋に落つ高知県な
り地図のパズルの

足の無き雛人形は座るなりガスストーブの
燃えいる部屋に

雛壇の紅《くれない》の布めくりつつ掃除機の尖《さき》差し入
るるなり

のぼってはいけないけれど白梅の横には錆
びた階段がある

とつぜんに燃え出す薪《まき》のごときもの子のな
かに見ゆ夜の食卓

書く男

『明日記』和紙五十巻　淡き灯に照らされな
がら蜿蜒《えんえん》とあり

墨の線ほそほそとして春の夜に焼けたる家
の間取りをえがく

京都より見えしおーろら『明月記』元久元
年〈赤気〉をしるす

六十年書き続けたる墨文字のほとりをある
く　川なのだこれは

春雨のしぶきをふくむ風が来て大殿油《おおたなぶら》を消
すことがあった

書く男、水の机に書いており死よりも先に
死を書き切るか

シジュウカラの喉《のど》の黒きをえがきたる襖に
さむき空気はうごく

弥生の白い椿

教材を売りに来たりし雪国はへんなところ
が晴れたりしてた

十日前自殺のありし学校に本売りに来つ棕《しゅ》
櫚《ろ》の葉の照り

自転車の入りたる跡が黒紐のごとく残りぬ
雪の平らに

校庭に授業の終わるまで待てばパンジーの
花に雪降りて消ゆ

会社より逃げるごとくに帰りたるひのくれ
水のほとりの椿

眼がどろり疲れて帰るゆうやみに弥生の白
い椿、消えたい

好きなことだけして生きるなんて嘘　橋と
いっしょに雪に濡れたり

手足縮めて寒いところにいたようだ夕空を
ゆくとりどりの雲

むきになるな、むきになるなと言われたり
路地に椿の花つぶれいる

責められし会議のさなかはずしたるクリッ
プならむポケットより出づ

働きて人は変わってゆくのだろう雪の夜《よ》卓
にクリップが輝《て》る

プラモデルつくる子どもは船体をぱきんぱ
きんと枠よりはずす

家までの道がわからぬ子と帰るゆうぐれ寒
し枇杷の木の花

桜小景

ゆうぐれの桜の背後石段の立ちているなり
昇りゆく犬

薄白き桜の花におおわれて日本の墓は縦書
きの墓

がらす窓とざしておれば桜だけ大きく見え
るレンズのようだ

イスラエルに野生のシクラメン咲くと聞き
しはいつか日々爆死あり

テロ死者の9という文字ちらちらと電車の
なかの新聞そよぐ

あと一人、ついでに一人と殺しにき軍は退《ひ》
かむとしたるそのとき

梵字読むごとき声かなおうおうと桜の枝に
鴉来ていつ

寝ころべる我の背中を壁にしてむすめはつくるプーさんの家

絶版の歌集のコピー読みゆけば栞の紐が黒く写りぬ

毒芹と芹の違いを記したるページに会えり春先はいつも

ほたるぶくろ

薄影《うすかげ》のなかに過ぎたる一日にて葱の花から下りてくる蟻

わが蹴りしボールをすこしためらいて蹴り返すなり泣いていた子は

泣き顔を丸めて笑う子どもかなこのたやすさはいつまで続く

ビデオなど無かりしころは五分前畳に座り放送待ちき

梅雨入りにほたるぶくろの花咲きて妻の着し妊婦服おもいいづ

「だんご」という名前のゆえにだんご虫食べた子どもが町内におり

海底のごとくなりたる夜の雲みあげて立てり家の前の路地

上野・東京芸術大学にて

大杉は夕べとなればやわらかな影を敷きたり石畳のうえに

あらかじめ写真に知りし絵なれども樹皮のようなる塗り跡を見つ

ナオジロウ・ハラダのあぶら絵がありぬ沼の黒さの眼窩を見たり

うすあかきゆうぞらのなか引き算を繰り返しつつ消えてゆく鳥

ゆうぐれに降りくる雨は土中《つちなか》の見えざる石を濡らしておらむ

夜　雨

通勤のねむくないとき読みゆけるイーフー・トゥアン　草の穂の駅

地下道を通いいるうち地下道になってゆく我　黒く湿りて

青黒き雲がいくつもぶらさがる空を見しのちながく働く

企画書にわが名はあらず口頭で付け足されたり会議なかばに

雨の夜は袋のなかにいるような　こおろぎたちも入って鳴けよ

夜の木に無言の蟬がむらがりて帰りたくないわれを見おろす

みずからを照らして立てる電柱に淋巴《リンパ》のごとくなめくじがいる

雨の夜を帰りきたれば部屋じゅうに妻のからだの影がひろがる

坦々とまた淡々《たんたん》と過ぎてゆく時間のゆえに病むと言う声

妻の年齢《とし》をつね二年後になぞりゆくそこから見える梅雨の草花

颱風が天井の上を過ぎてゆく重き音せり夜《よ》半《わ》にめざめつ

六階の窓をあければ曇天が卓上に来るこの味噌汁に

段丘に溢れし雨がどくだみの咲きたる溝をくらぐらと落つ

葱坊主

地下鉄の窓より赤き灯は見ゆる蛾の来ることのなき赤き灯よ

白き羽毛こびりつきたる鳥籠が燃えないごみのなかに置かれつ

酢のような昼寝のあとに葱坊主けぶるところにわれは来ている

夕空を帰り来たりて巣のなかに燕はしまうほそながき尾を

鳥肌のごと表面のざらつけるドッジボールは昔痛かりき

疲れたるときは遠くを見よという月のまわりの空青くあり

知覧

高速道路は薩摩の国に入りゆきて海のなかからそびえたつ山

街路樹の葉を黒くして午後一時夕立のごとき雨が降りくる

おびただしき兵士の遺書にまじりつつアース防虫剤置かれたり

「抱へる爆弾がどす黒く光つて居ります」と末尾にありぬ灯の下の手紙

特攻兵の手紙に書かれいる歌を朗詠したり
老いびとは来て

これみんな死んだ人か、と子が言えり壁面
にならぶ灰色の顔

民間人を殺さざりしを唯一のあかるさとし
て遺影はわらう

遺品館を出でたる父は「字がうまいものだ
な」と言う　言いて黙せり

ゆうすげ

午後四時に咲き出すというゆうすげを待ち
つつ黒き甲虫がいる

ゆうすげの昨日の花が萎えており旅のきの
うはすでにはるけし

冷房の切れたる夜半《よわ》にめざめれば葉脈のご
と障子がうかぶ

まぶたなき眼の刷られいる蛾の翅《はね》に朝の曇
りのなかで遇いたり

オンブバッタ

この部屋よりあたまのなかが広くなり泥に
黄色い花浮いている

ローソンに緑茶の罎はならびいて女の声の
くしゃみがひびく

六人が印鑑を捺《お》す始末書のそれぞれ赤の色
が違えり

にんげんをやめたいなあとおもうから人間
なのかオンブバッタよ

大津郊外

大津駅おりてあゆめば八月の夕かがやきは
湖に落つ

落とし水したる田圃《たんぼ》の深きよりこおろぎの
こえ聞こえくるかも

汗の膜まといてあゆむ道の辺に黄色くなり
し胡瓜垂れたり

全天に翅《はね》むらがれり湖に落ちて死にゆく
蜻蛉《あきつ》もあらむ

おまえ短歌をやっていたなと病床の人は言いたり俺には出来ぬと

病棟を出づれば暑きゆうべにて樹のくまぐまに蟬は鳴きいつ

ゆでたまご

納豆を砂漠にまいて緑化する話はいかになりしか知らず

ゆでたまご手袋をして剝いている娘がいたり朝めざめれば

ゆでたまご食べてふくらむ子の頰を朝光《あさかげ》に見て通勤したる

秋の日は秩父の町で見たような蓑をかぶって寝ていたいなあ

先斗町《ぽんとちょう》あゆみゆくとき鳥の群れ黒い車に映りて過ぎつ

寒入りの雨

この雨に傘をさすのは大げさか黒いアゲハのような傘なり

ゆっくりと時雨のあとの青空がふくらんでくる橋を渡れば

二週間前からすでに死者だった　それを知らせる葉書届きぬ

屋号にてつね呼びていいし人の名を死ののち知りぬ寒入りの雨

椎落葉《しいおちば》引き寄せながら燃ゆる火を顔の中から我は見ている

しばらくを並びて走る電車あり轟《ごう》と異なるトンネルに入る

病のあとさき

赤き陽が冬の林にもぐりゆく怒りに耐えているのみの今

叱るのみで結局なにもせぬ人と気づきぬ冬の窓の紅《くれない》

部下たちの帰りゆきたる職場なり紙に溺れて鉛筆はある

親族の男がついに支配する職場か夜更け消燈したり

憎みいし男の年賀状来ておりぬすでに同情のごときを見せて

雪が雪みちびくように降るなかに向日葵は黒き面《おもて》垂れたり

『柿の種』昭和四年に寅彦の記していたる「原子爆弾」

雀らは屋根に跳ねおり雪のあとつるりと青き天あらわるる

病みながらわが誕生日過ぎゆけり茎曲げて咲く白きシクラメン

風邪ひけば手足幼くなるものかタオルケットの毛玉をつまむ

ゆっくりと線路のそばを帰りゆく病のあとさき臘梅の花

Ⅲ

冠羽

春はまだ遠い光源　木の影の縞《しま》なしている
道を歩めり

二月の陽しろくあかるし樹皮のなか木はみ
ずからを閉じ込めて立つ

ひよどりの冠羽《かんう》かすかに見えながら木々の
あいだに雪ふりしずむ

二月三日

ランドセルにぶつかり怪我はなかりしと電
話に聞きてそののちおぼろ

黒ぐろとタイヤを積める路地に出る疲れて
しまった雨が寒くて

斜めなる瓦を踏みてゆく鴉かちりかちりと
爪の音せり

無事の日が過ぎてゆきたり冬雲をはみだし
ている黄色い光

＊佐伯一麦に『無事の日』という短編集がある。

暮れがたの雪の林を過ぎゆけば痛覚のごと
鳥が鳴きたり

熱病《や》めばふたえまぶたになる娘ふとんに座り牛乳を飲む

つやつやの実を垂らしいる樗《おうち》の木　春の空には川の感じあり

足指

命に別状はない　電話なる声にすがりて病室に来つ

わが言いし電話番号を看護婦はてのひらに書く青いインクに

電極を乳房のまわりにつけられし妻の半身《はんみ》をいだきておりぬ

足指に塗られていたるマニキュアを拭《ぬぐ》いてやりぬ手術する足

全身の麻酔の前にこまごまと妻は言うなり鍋のこと塩のこと

尺取虫《しゃくとり》のようなうごきを繰り返す赤き灯が見ゆ病棟の窓

病棟の下を帰ればつづけざまに降りくる雪
が頭を濡らす

母さんは入院したと子に言えば雛人形に祈
りはじめつ

春雲の詰まったような簞笥より妻の下着を
探しておりぬ

事故のまえ妻の書きたる歌が見ゆ卓にひろ
げしツバメノートに

振り子のように

家中《いえじゅう》に洗いしシャツを垂らしつつ雨の夜ね
むる妻の居ぬ夜を

〈痛みゆえ眠れぬ〉というメール来つ雨かた
むけて風の吹く夜

朝々によぎる線路の小石《バラスト》にかすかな霜の差
しているなり

父さんは掃除してる？　と妻は聞き子はう
なずけりベッドの横に

菜の花のお浸しかこれ夕暮れに病院食の配られてくる

病室に妻置きて来し夕闇に桜の花は押し広がれり

筍は雌《めす》が美味《うま》いという声が聞こえくるなり夜のバスより

退院のころに咲かむといくたびも言いし桜が雨闇《あめやみ》に咲く

松葉杖つきたる妻が中庭を振り子のように歩きいる見ゆ

誰も裁かぬ

戦争の終わりしのちに開戦のうたがならべり梅にまじりて

アラブ系テレビの映す病室にぞうきんで血を拭きしあと見ゆ

ああなにか魚のようだ冷凍し精子を残すアメリカの兵

歩けない人から今日は離れきて山陰《やまかげ》に咲く藤に遇いたる

あちこちに水横たわる五月なり蜻蛉の下を
自転車で行く

アメンボをうごかしている昼の風かつて神
馬を洗いし池に

考える間《ま》もなく終わる戦争よ考える間に人
は死ねども

NO WAR とさけぶ人々過ぎゆけりそれさえ
アメリカを模倣して

抵抗の長くつづくを願いしは悪ならむだが
誰も裁かぬ

テロというレンズが見せる海彼にて黒く焼
けたる壁立ちて居き

カーテンがまばたくたびに上下する　メル
ロ＝ポンティ死の前の記述

天牛《かみきり》は髪を食べると教えれば泣きて眠りぬ
小さきむすめ

襖よりほそく漏れくる光線に顔を寄せつつ
幼な子ねむる

語尾強き寝言をいえり幼な子は　六階の窓
に月のぼりくる

谷中《やなか》霊園

日暮里《にっぽり》の駅より来れば枇杷の実のいまだに
青し板塀の上

甲8号21側　墓石に番地のありてかたばみ
が咲く

死者と生者どちらの数が多いかと『マハバ
ーラタ』にあり　鵯《ひよ》が啼く

朴の花はなびら厚く咲きにけり毘沙門さん
と呼ばれる寺に

〈Don't disturb〉の札を使わざる旅か朝より
雨降る上野

歯ブラシをうごかしおればきしきしと口の
なかよりめざめるものを

赤羽《あかばね》に三日月坂というところ雨滴をつけて
葱の花咲く

島山

木の間より相模の海が見えはじめガラスの窓に青き線《すじ》引く

朝の雨降りいる墓地の凹凸を見下ろしており島山に来て

つくつくおーし、つくつくおーし海の辺の墓場に声はのびちぢみする

朝の間《ま》は海でありしが広がれる干潟に山の影映りおり

みずからのまぶたの裏を見るような夕雲ありぬ山に触れつつ

海難の碑を読みているゆうまぐれ雲は大きな坂となりたり

低山《ひくやま》はゆっくり暮れて緑眼《りょくがん》をひからせながら飛ぶ鬼やんま

初めから余韻のごとき声に鳴く蜩ひとつ杉の谷間に

秋海棠の雨

ぴしぴしと葉をひらきたる蚊帳釣草《かやつり》にぬく
き陽がさす旧《きゅう》体育の日

小さかる枕に髪をからませておみなご眠る
運動会のあと

みずうみと川のさかいめ秋の日は光の襞を
うごかしており

対岸に白き煙ののぼりおり藁を焼く火と来
し人は言う

暗みゆく山を来たれば漕ぐように竹うごき
おり驟雨となるか

かの寺の秋海棠に降る雨の記憶を我と分け
持つ人よ

人声を吸い込むような雨だから寄り添いゆ
けり石だたみの道

ゆうぐれに津田画廊あり入りゆけば絵のな
かの水白く光りぬ

秋冷は壁をのぼって来るものか乾いた薔薇
の吊るされた部屋

彫らざりしところが黒く残りたる版画のようだ　長く逢わざる

十一月の死者

死因まだ知らざる今を海からの雨が濡らせるバスに乗り込む

木の棺《かん》はつねに頭を前にして運ばれてゆく冬の日なたを

二つぶの種のごとくに黒ぐろと死びとに鼻の穴あいており

この死者につねに阿《おもね》りいし人が斎場のなかをひらひら歩く

蛞蝓を一つ殺せるほどの塩もらいて帰る葬儀場より

平凡の葬儀のあとに食べている鮪は赤し飯のうえに赤し

秋の日の影はずいぶん長くなり川のむこうにわが手がうごく

銀紙をいままで噛んでいたような口で目覚めつ　夢で泣いてた

炉のなかに枝を入れれば赤き火は二岐《ふたわか》れして舐めてゆくなり

死を言わず電車の遅れを詫びている卑屈な声にわれは毛羽立つ

鏡

川底に割れた鏡《ミラー》が落ちており雪やみしのち陽射しはひらく

毛の粗きホテル備品の歯ブラシに血のにじみいる歯茎さぶしも

わが家と同じ高さの六階に泊まりいるなり外は灯《ひ》と雪

磁力持つように身体《からだ》に寄りてくる夜の淡雪バスを降りれば

ガラス戸に映れる我の黒服をすきとおりつつ夕闇の庭

目覚めれば夜の廊下に干されいる洗濯物が糸垂らしおり

このポスト鳥居のそばに立っていて朝陽がさすといっしょに赤い

鯖街道の赤い月

ぽうぽうと鳴く鳥がいてさびしいな寅《とら》の刻とは空白《しら》むころ

びわ荘という建物に黒日傘さしたる人のつぼみて入る

カード式テレビに映る夏場所をながめいるのみ祖父の眼球

飼っていた犬も忘れてしまいたり祖父はベッドに固定されつつ

老い人は皮膚のふくろのなかにいて雀が窓に来ればわらいぬ

ほんとうは歩けるのだと夕暮れに秘事のごとくに祖父は言いたる

眠気《ねむけ》まだ我のまわりをただよいて黒き鳩いる駅に来ており

朝見れば紙のようなる表情の残されており祖父の顔には

空中を行き来している黒き足　老いたる人は見ゆると言うも

幼な子にもう見せるなと言われたり干し魚のごと瘠せたる祖父を

夏服を買いに来た店大いなる鏡があれば子は踊りだす

ふかぶかと夜になるころ赤錆の噴きたるごとき明太子《めんたいこ》食ぶ

「オランウータンが犯人やったんか」布団のなかで子は声を上ぐ

シャツを脱ぐときに乳房の引っかかる静かな音を男は聞けり

旅なんて死んでからでも行けるなり鯖街道
に赤い月出る

あとがき

祖父は歴史の好きな人であった。六十歳を過ぎてからも金融の仕事を続けていたので、本格的な研究をする時間はなかったようだが、出張の合間などに、南九州に残っている古墳や遺跡を見て歩いたりしていたらしい。祖父が遺跡で掘り出したという縄文時代の石斧をもらったこともあり、それは今でも私の部屋に置いてある。

小学生のころ、祖父に連れられて臼杵《うすき》の石仏を見に行ったことがあった。私の住んでいた宮崎市から臼杵までは、列車でも数時間かかる。車窓から日向《ひゅうが》灘《なだ》の青い色がずっと見えていた。そのとき祖父は、『古事記』という大昔の本に書かれている神話はここが舞台なのだ、という話をしはじめた。ウガヤフキアエズノミコトという言葉が聞き取れなかったので、私が問い返すと、祖父は黒い表紙の手帳を取り出して、「鵜葺草葺不合命」という文字を書いて見せてくれた。その手帳には、何かの史跡について調べたことがメモしてあったらしく、細かな文字がびっしりと並んでいたことを、今でもよく憶えている。

祖母の死後、祖父は急速に衰えてしまった。あのころどんなことを調べていたのか、彼は文章に書き残したりはしなかったので、今になってはほとんどわからない。彼が考えていたことは、このまま消えていくのだろう。

若いころの祖父に顔や体つきが似ていると、私は親族からときどき言われることがある。

第三歌集『海雨』には、一九九九年の春から二〇〇四年の春までに詠んだ歌のうち、四五〇首ほどを収録してある。ほぼ制作順だが、多少構成を変えているところもある。「海雨」という語は、大きな漢和辞典を見ても載っていないので、造語ということになるのかもしれない。「山雨」はあるのに不思議なことである。

以前の歌集よりも、日常の生活や仕事にかかわる歌が増えたように思われる。現代的な生活の背後にも、歴史や風土がひっそり息づいていることを、なまなまと感じることが多くなってきた。その感覚が少しでも歌のなかにあらわれていれば嬉しい。

この歌集も「塔」のさまざまな先輩・友人の刺激を受けつつ制作したものである。砂子屋書房の田村雅之氏、装丁の倉本修氏には、今回も大変お世話になった。厚く御礼を申し上げる。

二〇〇四年十一月二〇日

吉川宏志

『青蟬』一百首＋初期歌篇

『青蟬』百首

あさがおが朝を選んで

あさがおが朝を選んで咲くほどの出会いと思う肩並べつつ

うつぶせの君のとなりにあおむきぬ白きカーテンのくるむ夕焼け

眠りつつまぶたのうごくさびしさを君のかたえに寝ながら知りぬ

窓辺にはくちづけのとき外したる眼鏡がありて透ける夏空

ガラス戸にやもりの腹を押しつけて闇は水圧のごときを持ちぬ

背を向けてサマーセーター着るきみが着瘦せしてゆくまでを見ていつ

母のなきアダムの像は臍持てりひるがおほどの淡きくぼみを

眼をつぶるだけでは寝顔にならなくて海へかたむく砂にかがやき

先を行く恋人たちの影を踏み貝売る店にさしかかりたり

「冬」の字の二つの点をゆったりとつなげて手紙書きはじめおり

カレンダーの隅24／31　分母の日に逢う約束がある

散るさくら　同じくらいの引力を帯びた前髪ひとはかきあぐ

たたかわずなんの羞《やさ》しさ蜂打ちのごとき日射しは肩に落ちいつ

フィラメントのごとく後肢を光らせてあしながが蜂がひぐれに飛べり

しばらくの静謐ののち裏返るミュージックテープは魚のごとしも

噴水は挫折のかたち　夕空に打ち返されて円く落ちくる

円形の和紙に貼りつく赤きひれ掬われしのち金魚は濡れる

星逢いの町を帰ればたかむらに飾られざりし竹そよぎいる

砂時計をさかさにすればアリジゴク飼いいるごとく凹みゆくなり

もう君は眠りしころと思うとき明るし窓のそばを降る雨

海を背にしていることも強みとし君はやさしい夏を打ち切る

はきはきと別れを告げむ　八月の深夜に冬の星は冷えいつ

水と泥きびしく分かれる池の底　鯉は浮力に耐えて眠れる

夕闇にわずか遅れて

君は目を瞑りてわれの見ひらけばひとたまりもなく沈む秋の陽

夕闇にわずか遅れて灯りゆくひとつひとつが窓であること

風を浴びきりきり舞いの曼殊沙華　抱きたさはときに逢いたさを越ゆ

しろじろと時雨の降りて保育所のブランコどれも肩幅狭し

中途より川に没する石段の、水面までは雪つもりおり

炭酸のごとくさわだち梅が散るこの夕ぐれをきみもひとりか

少年期あるいは川へ行くこころ　いつも上流より夕焼けて

散るまえの桜の表面張力を見てきて我ら胸重ねおり

同じ風浴びているのに君ばかり目を閉じていた　合歓の木のもと

面接の終わりしビルは夕あかり一日《ひとひ》で決まる一生《ひとよ》はなけれど

夕空はしずかに反りて自転車の鍵を外すとしゃがむ妹

鍵をした窓から月の光差し君はいっぷう変わった壜だ

黒板にもたれて藤の花を見し少年の吾に異性とは霧

「イラク軍の盲撃ち」と言いしキャスターが謝罪しており地形図を背に

バグダッド夜襲を終えし機の窓に白人なれば顔のほの浮く

栗の花匂う小道に誰も居ず時間通りに時間は過ぎる

栗の載るケーキのように

栗の載るケーキのように近ごろのおまえあやうし明るけれども

裏切った女はふたたびうらぎるか夕雲しんと酢を含みいつ

逢わぬ日を責めて女は　水鳥が身震いをするように女は

頬骨のとがるあたりに引っかかる涙の粒を正面に見つ

タクシーのつめたき闇に抱きたればコートの中にすべりこむ髪

野沢菜の青みが飯に沁みるころ汽車の廊下はゆらゆらと坂

木曾谷へ徐々に沈んでゆく汽車のくろがね
あわれ周り紅葉葉《もみじば》

夜はいい　金木犀の金粉の数ほど君が嘘つ
いている

盗みやすき女と知りて暗闇を緑の犬が寄り
て来るなり

止血するごとくまぶたを強く圧し陽射しの
なかで我は泣かざり

影広き栃にもたれて次の恋考えること自分
に許す

遅刻した少女が路地を駆けゆけるプラステ
ィックの筆箱のおと

十糎ほど積もりいる野の雪を円く押し上げ
丘はありたり

ゆうやみの裾を切り取る手ごたえにガラス
戸を閉む木机の部屋

竪穴に落ちたのか俺が穴なのかレモンの皮
をここに捨てるな

炎昼の新宿を歩むからだから醤油のような
影流れ出す

ウナコーワ夏の夜更けに塗りながら「死す」
は音読み「死ぬ」は訓読み

花水木の道

ひっそりときみが泊まっていった夜は私書
箱宛のハガキのように

四十になっても抱くかと問われつつお好み
焼きにタレを塗る刷毛

花水木の道があれより長くても短くても愛
を告げられなかった

わが胸が寝癖をつけし君の髪冷蔵庫ひらく
明かりに見ゆる

春の夜に妻の手品を見ていたり百円硬貨が
しろじろと跳ぶ

詞書と歌のようにも寄り添える夫婦と言わ
ば　白き行間

茂吉像は眼鏡も青銅《ブロンズ》こめかみに溶接されて
日溜まりのなか

板塀に夕暮れ妻が立てかけし自転車のかご
雪を溜めいつ

週末に銀曜日あり　みっしりと桜木ならぶ
舗道を抜けて

青春は常に他人が持ちいたり紺のパジャマ
に着換えゆく間も

〈身を要なきものと思いて〉秋の川の扁たき
橋を渡りはじめぬ

美しき人から借りし小説に性の描写は淡い
けれども

春蟬のようなあなたと野に座るパンには雨
がしみこんでいた

蠟燭のしずくこぼれしテーブルの予約をし
つつすでにせつなし

日暮れにはつい目で追ってしまうひと書架
から鳥の図鑑を抜けり

室内を映しはじめた窓に向き自転車で帰る
のかと訊きたり

話したいだけだったのに　夜の木の悲田院
址《あと》あゆみすぎるも

目印に教えておいた洋館のバラの白さを来し人は言う

アヌビスはわがたましいを狩りに来よトマトを齧る夜のふかさに

画家が絵を手放すように

鮎焼いて妻が汗ばむ夏の暮いまだ避妊をつづけていたり

秋雨はどうしてこんなに目立たずに扉《と》に挟まれし新聞濡らす

羊水の溜まりはじめた妻の腹あかく照らされ炬燵のなかに

覗くように窓に寄り来る雪の玉うまれるまでは父でないのに

ゆらゆらと雪しずむ窓　腹の子が眠たいらしく妻もねむれり

身籠もりし妻の自転車一冬《ひとふゆ》の埃をつけて枇杷の木の下

皮膚弱き少女みたいな秋の陽が写真館の白い柱にあたる

十字路を薄紙のごと覆う雪　古き貸家を妻と見にゆく

向かい家の黒犬が吠ゆ　この部屋の記憶は腹の子に無いだろう

なぜ思いつめたのだろうカセットの余りに入れた曲も古びて

画家が絵を手放すように春は暮れ林のなかの坂をのぼりぬ

一夜干しの烏賊を吊る浜　旅先に買いたる本が鞄に重く

産み月の葉月が近し腹の皮うすくなりたる妻は日蔭に

一刷毛の夕焼けが来て鮃から泌み出る水を照らしていたり

うすぐらき新生児室ゆわゆわと白く湿った掌うごく

糸とんぼ草に沿いおり　みどりごにレム睡眠はあるのだろうか

産み終えて棒のようなる妻の身を夕べの波は岸辺に運ぶ

へらへらと父になりたり砂利道の月見草から蛾が飛びたちぬ

桑の葉を食べてきたような緑便が泣く子の尻の下にあらわる

麦の秋『武器よさらば』の結末は我に来たらず道光りおり

いわし雲みな前を向きながれおり赤子を坂で抱き直すかな

てのひらを洗いしのちも水流れ蜂の死骸は芝生をすすむ

りんご酢の壜立てられしテーブルに借り物のごと妻と子が待つ

ハンバーガー包むみたいに紙おむつ替えれば庭にこおろぎが鳴く

ほんとうに若かったのか　噴水はゆうやみに消え孔《あな》を残せり

星の密度（歌集未収録初期歌篇）

割かるるを待つ石鯛がつつきいるガラスは水の断面に沿えり

すれ違う電車の間《あい》の疾風よ死は昨日よりわずかに近く

かなしさはかなしみのみに紛れんか斜塔のごとき背を抱きとめぬ

竜胆の鉢を胸まで持ちあげて君ならではのほほえみをする

いつもより遠くの駅に呼びだして肩寄せ合えり　微分のさくら

自転車の荷台は銀に濡れており星の密度の濃くなれるころ

霧雨のなかに噴水ひらきおりわれの代わりを誰も生きるな

揚羽蝶水べりに来てはたたけば黒色火薬をまとえるごとし

紙箱を投げ入れられし焚き火の炎《ひ》ひらたくなりて又燃えあがる

昼の雨間隔おおきく降りはじむ下絵のよう
な鉄線の花

歌論・エッセイ

言葉が〈なまなましさ〉を帯びるとき

一　身体感をもつ〈記号〉

書かれた言葉は〈記号〉なのだ、という認識が、今ほど無意識に信じられている時代はないのではないか。

目の前のパソコンに、ある言葉を入力すれば、日本のあらゆる場所から、あるいは海外からも見ることができる。そのため、言葉はどこに行っても変質をせず、いくらでも複製できる、デジタルな存在であるような感覚が生まれてきているように思われる。

加藤治郎が、

試みに打ってみたまえJIS記号〈3B6D〉濃き紅の　『マイ・ロマンサー』

という歌を発表したのは一九九〇年のことだった。JIS記号〈3B6D〉は「詩」という文字を表しているナンバーである。「詩」という言葉さえも、コンピュータ上では単なる記号に過ぎない、というラジカルな認識を表明した歌であったが、それから十数年という時間が過ぎた現在、それはもう常識に近くなりつつある。

また、インターネット上では、おびただしい数の、誰が発言しているのかもわからない言葉があふれている。それを見ると、あらゆる言葉が均質化され、のっぺりとした平面になっていくような感覚に襲われる。

もちろん私も、構造主義以後の記号論的な見方で言葉をとらえていくことに反対するわけではないし、いわゆる「インターネット短歌」を単純に否定するわけではない。しかし、現在の短歌の危機は、言葉が無味乾燥な〈記号〉になってしまうことから生じていることも、無視できない事実なのではないだろうか。

　唐突だが、「やすし」という、人名を表している言葉がある。この「やすし」という言葉はたしかに〈記号〉に過ぎないわけで、ほとんど意味内容をもたない。「A氏」や「Bさん」に置き換えることもできる、無色透明な文字の連なりなのである。もちろん人によっては、知り合いである一人の「やすし」の顔をこの言葉から想像するかもしれないが、その連想はあくまでも個人的なもので、だれでも同じ顔を想像するわけではない。

　ところが次の詩を読むと、「やすし」という言葉がまったく別の印象で見えてくる。

慟哭　　山田数子

しょうじ　よう
やすし　よう
しょうじ　よう
やすし　よう
しょうじ　よおう
やすし　よおう
しょうじぃ　よおう
やすし　よおう
しょうじぃ
しょうじぃ
しょうじぃぃ

　あるときこの詩を読んで、かなりショックを受けたことがある。『日本原爆詩集』に収められている詩で、「しょうじ」「やすし」は作者の息子の名前なのだそうだ。

　内容に心打たれた、というのではない。というか、この詩の意味内容は「しょうじ」と「やすし」が繰り返されているだけで、ほとんどゼロに近い。それなのに「しょうじ」「やすし」という言葉が、なまなましい肉声で呼ばれているように感じられないだろうか。原爆で焼け焦げた街を、息子を探してまわる母親の姿が鮮明に浮かび上がり、その幻の声が、耳もとにくっきりと響いてくるようだ。〈記号〉であるはずの言葉が、なまなましい身体感を帯びてくるのである。

私は先ほど、「やすし」という言葉を聞いて思い浮かべる顔は、あくまでも個人的な連想なのだ、と書いた。けれども、この「慟哭」という詩を読んだときに目に見えてくる情景は、日本人であるなら、かなり共通したものになるのではないか。自分だけでなく、他人にも同じように見えている幻影なのだ。自分だけが見えるものなら妄想であるかもしれないが、他者にも見えるものであれば、幻想以上の存在になってくる。だから、この詩が生み出すイメージは、非常に強い実在感をもつことになるのである。

私たちはしばしば、短歌を読んで「リアリティがある」とか「実感がある」と評することがある。これらは本来、定義をしにくい、曖昧な批評用語である。だが、言葉で表現されている以上のイメージが脳裏にいきいきと見えてくるとき、「リアリティ」や「実感」という語を用いて、何とかその感触を言い表そうとするわけである。そして、そのなまなましさがなければ、短歌としてはどこかもの足りないと私は感じる。どんな歌になまなましさを感じるかは、人によって違うだろうけれども、基本的に私と同じような価値観をもつ歌人は少なくないはずだ。しかし、なぜそのようななまなましい感触が生まれてくるのかを説明することは非常に難しい。

もちろん私も、なぜそれが生じてくるかを明快に論じることができるわけではない。ただ、この「慟哭」という人名だけの詩が、なぜ詩として成立しているかを考えることは、「リアリティ」や「実感」の正体をとらえる上で、大きなヒントを与えてくれるように思われるのだ。

二　「読む」という行為の本質

①　省略――書かれていないものが見える

まずこの詩のポイントは、この詩に書かれていない原爆の惨状を、読者がイメージとしてくっきりと想起することができることだ。私たちは、それがたとえ映画やテレビなどが作り出したバーチャル（仮想的）なものであったとしても、被爆地の様子をかなり鮮明に頭に思い浮かべることができる。この詩には何も描写がなされていないために、かえって想像したイメージがそのまま眼前にあらわれてくるところがある。

よく知られた錯視だが、カニッツアの三角形という図がある。この図には、実際には三角形は書かれていないのであるが、白い三角形の幻影がありありと感じられる。私たちの脳には、「見たいものを見てしまう」という機能があるらしく、このような図を見ると、白い三角形が置かれていて、黒い円の一部が隠されているのだ、と無意識のうちに思い込んでしまうらしい。それで、本当は存在しない白い三角形を、鮮やかに感じ取ってしまうわけである。

おそらくそれと似たようなことが「慟哭」という詩でも起こっていて、ある程度の文脈がつくられていると、書かれていないことであっても、読者の脳裏には打ち消しがたいイメージが浮かんでしまうのだ。この詩の場合は『日本原爆詩集』に収められていることや「慟哭」という題が、一つの文脈になっている。それがカニッツアの三角形における一部欠けた黒い円のような役目を果たしていて、詩には書かれていない、原爆によって破壊された街やおびただしい死傷者の姿を幻視させるのである。そして、不思議なことに私たちには、実際に書かれていることよりも、書かれていないこと――読者が「見たい」と思って想像したこと――のほうを、リアルに感じる傾向があるよう

カニッツアの三角形

なのだ。詩歌において、「省略」が重視されるのは、「見えないものを見る」という読者の想像力を極限まで生かすためであろう。

② 声——身体を通して伝わるもの

もう一つのポイントは、「しょうじ　よう」「しょうじ　よおう」「しょうじぃ　よおう」「しょうじぃぃ」という表記で示された、声の調子である。作者は自らの声を、文字で完全に書き表すことはできない。しかし、不完全ながらも表記を工夫することによって、泣き叫ぶような声の痕跡を残そうとする。

そして読者は、その表記をもとにして、息子を失った母親の声を再現しようとするのである。このとき読者は自らの声を、作者の声に同化させている。黙読をしていても、人間の声帯は動いているそうで、読むという行為は意外に身体的なものであるらしい。つまり、「しょうじぃぃ」という文字を媒介にして、読者と作者の身体あるいは声はつながっているのである。

作者の声——（痕跡）——文字——（再現）——読者の声

だから、この詩を読んでいると、自分の心のなかに、なまなましい母親の声が響いてきて、恐ろしいような衝動を味わうことになるのだろう。

これはクラシック音楽を演奏する行為とも似ているのかもしれない。たとえばピアニストは、バッハの残した楽譜（音符という〈記号〉で書かれたテクスト）に合わせて、自らの指を動かしてピアノを弾く。そのとき演奏者は、楽譜を通して、バッハの身体の動きをなぞっていることになる。死者であるバッハの身体の動きを蘇らせることによって、演奏者はバッハと〈対話〉しているのである。

楽譜には、作曲者のイメージの十分の一くらいしか書くことができない、という話を聞いたことがある。作者が〈記号〉で表現できるのは、省略を重ねたほんのわずかな部分だけなのである。

　けれども、その〈記号〉をじっくりと読み込むことにより、作者の身体感覚を、読者の身体のなかで蘇らせることができる。作者の声を、読者の心の中にリアルに響かせることができるのだ。それが「読む」という行為の本質なのではないだろうか。

三　〈肉声〉を再現させる短歌の読み

　これまで「慟哭」という詩をサンプルにして、言葉がなまなましさをもつ（「リアリティ」や「実感」をもつ）とはどういうことかを考えてきた。短歌の読みにおいても、同じようなことが言えるのではないか、というのが私の仮説なのである。

　歌集を読んでいると気づくことだが、一冊の文字数は、小説などと比べるとわずかであるのにも関わらず、読む時間が非常に長くかかる（平均的な歌集一冊の文字数は、小説であれば十ページ程度にしかならない）。歌を読むとき私たちは、「五・七・五・七・七」というリズムをじっくりと確かめるようにして読んでいる。黙読であっても、声を出して読むのとかなり近いのだ。週刊誌の記事などをさらさらと目で追うような読み方とは違い、短歌を読むのは特に身体的な行為であるらしい。そうであるから、文字という〈記号〉を通して、読者と作者が一体化するという不思議な体験が起きる可能性が高まるのである。

　まず、①の「省略」については、数多くの短歌に関する書物に書かれていることなので、印象深い例を一つだけ挙げる。

ひとひらのレモンをきみは　遠い昼の花火のようにまわしていたが
　　　　永田和宏『メビウスの地平』

　短歌を始めて間もないころに読んだ歌だが、長い間、この歌の情景がわからないでいた。ただ、優しくてどこかさびしい口調が心に残る一首だった。

ところが数年経ったころ、この歌の意味が不意にわかったのである。「きみ」はおそらく喫茶店でアイス・レモンティー（あるいはレモン・ソーダ）を飲んでいて、輪切りのレモンをストローでくるくる回しているのである。それを、手花火の先に黄色い火花が散る情景にたとえていたのだ。それに気づくとこの歌は、くっきりとした映像を伴って立ち上がってくる。この歌はアイスレモンティーやストローといったものを、大胆に省略している。それなのに、喫茶店で向かい合っている若い男女の姿がいきいきと読者の目に見えてくるのである。

この歌にはもう一つの省略があって、「まわしていたが」のあとに来る言葉が、ばっさりと切り捨てられている。けれども読者は、沈黙の多い男女の会話や、そのときの切ない雰囲気まで感じ取ることができる。省略することによって読者の想像力を導き出し、リアルな空間を作り出している好例であろう。

それでは、②の「声」の問題に移ろう。

醫師は安樂死を語れども逆光の自轉車屋の宙吊りの自轉車　　塚本邦雄『綠色研究』

じつに謎めいた一首である。「安樂死」と「自轉車屋」の風景がなぜ、「語れども」という逆接で結びつくのか。

医師から、患者の苦しみを長びかせるより安楽死させたほうがよい、というような話を聞いた。その後ぼんやりと町を歩いていると、暗い自転車屋の中にぶらさがっている自転車が見えた。その金属製のフォルムが妙に黒くつやめいていて、無生物のもつ実在感の強さに圧迫されるように感じられた――。

そのような場面を読み取ればいいのであろうか。生きているものよりも、生命のない物体のほうがなまなましく感じられることは、私たちの日常の中でもしばしば起こる。おそらくこの歌はそんな一瞬の感覚をとらえているのだろう。

この歌に出会った読者は、どのように五・七・五・七・七に切れているのか、何度も読み返して切れ目を探そうとする。初めは「いしはあん」で切るのだが、「らくしをかたれども」が大きな字余りになってどうもリズムが悪い。また、下句を「じてんしゃやの／ちゅうづりのじてんしゃ」と切っても、何となくバランスが不安定である。何回か試みているうちに、

いしはあんらく／
しをかたれども／
ぎゃっこうの／
じてんしゃやのちゅう／
づりのじてんしゃ

と句切るのが最も収まりがよいことがわかってくる。句切れの初めの音にはアクセントが付くので、初句の「い」と第二句の「し」は強調されるのだが、どちらも「i」の音なので響き合っている。さらに第三句以降は「ぎゃ」「じ」「づ」という濁音がつぎつぎにあらわれ、ぎくしゃくとした機械的なリズムを刻んでいく。この切り方が最も歌の内容に合っているように、私は感じるのである（別の切り方を好む読者もいるかもしれないが）。

　定型があるからこそ、リズムを探すような特殊な読み方が読者に強制される。そして、その読み方をするときだけ、作者の息づかいがありありと伝わってくるのだ（この歌をふつうの文のように棒読みしたら、何の感銘も生まれてこない）。これは、作者の呼吸に、読者が合わせていくような感覚である。「息が合う」という慣用句があるように、このとき、作者と読者の身体は共振をしているのである。「語れども」の強引なねじれのある「ども」という助詞も、この歌を何度も読んでいると、静かな緊張感をもって迫ってくるように思われる。ここに、塚本邦雄のなまなましい肉声のようなものが確かに感じられるのだ。しかし、もちろんそれは作者自身の声ではない。作者が残した声の痕跡（文字）を、読者が丁寧になぞるように読み込むことで再現される〈肉声〉なのである。塚本邦雄は二〇〇五年に亡くなっているが、そ

の声は作者の死後も響き続ける。

塚本の歌は緊密な調べが特徴的だが、それとは異なるタイプの歌の場合、読者は別の響きの声を感じ取ることになる。歌人によって呼吸のリズムが違うから、多種多様な声をもつ歌が生まれてくるのだ。私たちが短歌の「文体」と呼んでいるのは、まさにそのリズムを指しているのだろう。


ゆつくりと浮力をつけてゆく凧《たこ》に龍の字が見ゆ字は生きて見ゆ　　岡井隆『鵞卵亭』

じつに伸び伸びとしたリズムの歌で、この歌には空のことは一言も書かれていないけれども、晴れわたった新春の空のイメージが心のなかに湧き上がってくる。この歌は定型にぴったりと収められており、その朗々とした調子が、大空に浮かぶ凧の姿とよく合っている。

筆で書かれているのであろう「龍」という文字が力強くていいのだが、下句の「字が見ゆ」から「字は……見ゆ」へ助詞が転調していく表現効果も大きいのだと思う。「が」は鋭く限定していく音感であるのに対し、「は」はもっと大らかで包み込むような響きがある。そのことが、この歌の豊かな空間の広がりを生み出しているのである。


衿元が少しずれゐる出征のあわただしさよ私がわるい　　三輪すみれ

これは、私が選歌をしていたときに出会った一首。戦死した夫の遺影が飾ってあるのだろう。出征の準備が慌しかったために、衿元が少しゆがんで撮影されてしまった。作者はそのことがずっと気になっていて、写真を見るたびに悔やんできた。もし衿がきれいに写っていたら、夫は生きて帰ってきたのではないか、という迷信のような思いも、あるいは作者は抱いたことがあったのではないだろうか。「私がわるい」という口語の結句がひどく切ない。

文語調の短歌の最後に、「私がわるい」という話し言葉が置かれると、その落差が大きいために、はっとするような新鮮な効果が生まれる。それがうまく働くと、いかにも作者のほんとうの声が聞こえたような読後感を与えるのである。

うろこ雲亡き人かずにゐる父に燃えて雁来紅もさようなら　　馬場あき子『阿古父』

この歌も同じような効果があらわれていて、「もえてがんらい／こうもさようなら」という下句のリズムが独特で、この揺らめくような調子に、父を亡くしたあとの空漠とした悲しみが込められているのである。

もちろんこうした表現は狙って成功するものではない。作者の思いが、自然にリズムを引き寄せて歌われるとき、〈肉声〉のようなものが書かれた文字に宿るのであろう。やや神秘的な書き方になってしまうが、ここから先はあえて論理化しないでおきたい。

本居宣長は、

「たゞの詞《ことば》にては、いかほど長くこまぐ〵といひてもいひつくされぬ深き情も、詞にあやをなして長くうたへば、其詞の文《あや》、声の文によりて情の深さもあらはさるゝ物也。」（『石上私淑言』）

と述べている。言葉に「あや」があれば「声のあや」も生まれてくるというところがポイントである。そしてその「声のあや」によって「情の深さ」も読者に伝わっていく。

短歌をつくるということは、「声」を文字という記号であらわすという不可能性への挑戦であり、また逆に歌を読むということは、書かれた記号から作者の生《なま》の「声」を聴き取るという超越的な行為なのである。

四　〈他者〉の問題

ただ、ここで注意しておきたいのは、作者と読者の身体が共振することは、安易に共感をすることとは違う、ということである。たとえば先に挙げた塚本邦雄の自転車の歌は、なめらかには作られておらず、読者が簡単に一体化することをむしろ拒んでいる。けれどもそのぎくしゃくしたリズムに身を合わせていくとき、読者は自分のリズムとは異なるリズムを、まざまざと感じることになるであろう。同化しようとしても、裏切られてしまう感触に、読者はまぎれもない〈他者〉である作者の存在を味わっているのである。

　説明がわかりにくくなったかもしれない。別の例を挙げてみよう。

　　行くも花かへるも花の中道を咲き散る限り行きかへり見む　　加納諸平

正岡子規は、この歌について、「かくの如き歌はあるいは俗受けよろしかるべくや、われらはただ厭味《いやみ》たらだらに感ずるのみに候。」と述べ、「少しも実情らしき処なし」と非難する（『歌よみに与ふる書』「人々に答ふ」）。

　たしかにこの歌は優美につくられており、共感（俗受け）を得やすいところがある。けれども、あまりにも綺麗すぎて、〈他者〉の手ごたえを感じさせない。だから子規は「実情」（今の言葉であればリアリティであろう）がないと批判したのである。

　　自転車を茶屋の柱にたてかけて昼寝する人樅《もみ》の下風　　正岡子規

　それとは対照的に、子規の歌の中には、一人の人間がたしかに存在している感じがする。「自転車を茶屋の柱にたてかけて」という描写が、いかにもその場で物を見ている雰囲気を伝えてくる。「茶屋にたてかけて」ではなく、「茶屋の柱に」と細かく捉えているところに、軽い意外性があるのだ。読者はそこに、自分とは違う〈他者〉（子規）の目を感じ取るのである。

もちろん〈他者〉に出遭うということは、快いことばかりではない。歌を読んでいると、しばしば、よくわからないものや受け入れがたいものを感じるときがある。斎藤茂吉の「有島武郎氏なども美女と心中して二つの死体が腐敗してぶらさがりけり（『石泉』）」のようにあからさまに醜悪な部分があらわれることもあるだろう。しかし、そんな抵抗感が存在することこそ、自分とは異なる〈他者〉の感性に触れている証拠なのだ。短歌を読むことの最も大きな魅力は、まさにそこにあるのではないか。

姦淫の罰　てのひらに釘打たれ釘に向ひて五指まがりたり

高野公彦『水木』

もう少しだけ補足しておくと、私が今まで述べてきた「リアリティ」や「実感」は、歌に詠まれていることが〈事実〉かどうかとは、全く別の問題である。短歌の場合、作者の実生活がよく素材になるため、混同が起き易いのだが、作者が実際に体験したからと言って、作品がリアルなものになるとは限らないのである。しばしば旅行詠では、作者が実際にその土地を訪れているのにも関わらず、綺麗な観光ガイドのようになってしまい、現実味がほとんど感じられないことがある。観光ガイドは、誰が見ても美しく感じるような視点から作られている。それはつまり、安全で無難な視点なのである。そこには自分をおびやかすような〈他者〉は存在しない。そして短歌の作者がその視点に立ってしまうと、読者に強い違和感を与えることはないのである。だから、読者を揺さぶるような「リアリティ」は失われてしまうのだ。「リアリティ」とは、安全で綺麗なだけの表現からは生まれてこない。

高野公彦の歌は、地獄の風景をテーマにして詠まれた連作の中の一首である。だから〈事実〉ではないのだが、非常に鮮烈な危うい印象を残す。私はこの歌を読むと、てのひらが麻痺するような、奇妙な感覚に襲われる。「釘に向ひて五指まがりたり」という描写が、何とも言えず不気味なのだ。私たちは、他人が怪我をしているのを見て、痛みに近いものを感じることがある。他人の痛みが、自分に憑依してくるのだ。肉体を巧みに描写した表現も、それと同じような効果を読者に与えるようである。

冒頭にも書いたように、言葉は電子化され、人間の身体と切り離されて存在しているように見えるけれども、じつは言葉と身体は深いところでつながっているのではないか。

（『風景と実感』二〇〇八年刊）

「実感」と「思想」

『現代短歌　美と思想』に収められている「実感的前衛短歌論」（一九六六年）は、前衛短歌の表現方法の核心を捉えた「辞の断絶」というキーワードを生み出した、画期的な論文である。

まず、「辞の断絶」について、簡単に説明をしておこう。

壮年のなみだはみだりがはしきを酢の甕の縦ひとすぢのきず　塚本邦雄『感幻樂』

における「を」のように、塚本の歌には「辞」（助詞・助動詞）によって言葉が不思議なつながり方をしているものがある。この歌で言えば、「壮年のなみだ」と「酢の甕のきず」は、一見無関係なもののように思える。けれどもそこを「を」で強引につなぐことによって、危うくも鮮烈なイメージが生まれてくる。こうした非日常的な「辞」の用い方には、当時批判もあったのだが、菱川善夫はそれを積極的に評価したのである。そしてその後、こうした「辞」の用い方は、現代短歌の共有財産になってゆく。たとえば、

喪ひて再び返り来ぬものを瀑布のごとく昏れゆく坂よ

河野裕子『森のやうに獣のやうに』（一九七二年）

の「を」にも、その影響は顕著であろう。歴史に「もし」はないと言うけれど、塚本の「辞」のユニークさが菱川によって評価されなかったとしたら、後続の歌人はそうした表現を継承しなかったかもしれない。新しい表現を切り拓いていくためには、作品と評論の両輪が必要であるというが、その最も典型的な例を、ここに見出すことができる。

ただ私はこの論文に、別の視点から強い関心を持っている。

「実感的前衛短歌論」という題名は、現在の目からすれば別に意外なものではない。けれども、この時期に「実感的」という語を冠するのは、かなり勇気が必要だったのではないか。というのは、丸山眞男の名著『日本の思想』が岩波新書から刊行されたのが一九六一年のことであり、日本人の「実感信仰」を批判した箇所が少なからず話題になっていたはずだからである。

丸山の「実感信仰批判」を大ざっぱに要約すれば、戦前の日本に急激に入ってきた西欧の理論（特にマルクス主義）に反発した文学者は、「感覚的に触れられる狭い日常的現実」に閉じこもってしまい、戦時中に勃興した伝統的な美意識に取り込まれることになってしまったのではないか、ということである。歌人において典型的な例を挙げれば斎藤茂吉で、彼はドイツに留学するほどの西欧通であったのに、マルクス主義には生理的な嫌悪感を示し、やがては万

葉集を利用した復古主義にどっぷりとはまりこんでしまう。日本には論理的・普遍的な思想が根づかないために、自分の身辺の「実感」だけを尊重してしまいやすい。それは危険なのではないかと丸山は述べているのである。

菱川善夫は、丸山の「実感」批判をどれだけ意識していたかはわからない。しかし、菱川は次のように書く。

「実感は即批評の原点にほかならず、それをもって伝統と未来に参ずるしかないとすれば、おのれのうちなる実感を問いかえし、その孤独をもって批評の餌食とする以外に、いかなる批評の有効が信じられるであろう。」

（引用は注記のない限り、全て「実感的前衛短歌論」による）

菱川はまた、「論理としてはうなずけても、具体的な作品を前にした時、論理は実感を収斂」しない場合があるとも書いている。「実感は即批評の原点」という言挙げは美しい。ただ、特にメディアが非常に発達した現代では、情報に影響されてどこまでが自分の「実感」なのかさえわからなくなっている。「実感」を信じることの危うさが、丸山眞男の述べている以上に、露呈してきていると言えるだろう。菱川の評論のアキレス腱はじつはここにあるのではないかとも、私は考える。

けれども、大切なのは「実感」という曖昧で定義しにくいものを、どのように具体的な作品から導き出してくるかなのだ。「実感」を捉える〈読み〉が説得力のある場合、その危うさを超えて、批評の言葉は輝くのである。

心に酢満つるゆふべの祝福とわかものが肉充ちし緋のシャツ　塚本邦雄『緑色研究』

「私が「と」に感ずるのは、端的に言えば、なまなましい人間的関心である。「と」は、奇妙に私の実感的部分を刺戟し、なまの人間としての塚本その人を感じさせるのである。この「と」は、もちろん単なる併列でもないし、上句をして下句の説明たらしめる「として」の省略型でもない。意味の上からだけ言えば、心持ちはそれに近いであろう。だが、「心に酢満つるゆふべの祝福と」と読みきたって、「わかもの」に転じる間の、わずかのリズムの逡巡こそ、実はこの「と」の辞がもつ生命ではあるまいか。その一瞬の逡巡の中にこそ、塚本のなまみの人間の歎声は溢れてくるのである。」

（傍線は吉川）

「なまなましい」「なまみ」といった言葉が繰り返されている点に注目したい。短歌という詩型は不思議なことに、読んだときにある種の「なまなましさ」を感じなければ、印象に残っていかないところがある。現在では「リアリティ」という言葉のほうがよく使われるけれど、おそらくそれも同じことを指している。歌を読んだときに伝わってくる何ともいえない身体的感覚の重要さを、菱川はできるだけ明解な言葉で語ろうとしているのだ。

「と」における「わずかのリズムの逡巡」を指摘した菱川の音感はじつに鋭い。短歌を読むとき、読者は作者の息遣いに身体を合わせている。この歌では、

こころにす／みつるゆうべの／しゅくふくと
／わかものがにく／みちしひのしゃつ

という不自然な句切れに息を合わせて読んでいる。その途中で、「と」がどうつながっていくのかわからなくなり、迷いが発生する。読者によっては、この一首を上下に何度も行き来して、文脈のつながりを見つけようとするだろう。どのように読めば最も落ち着くのか、手探りしながら読むわけである。そのとき読者は、塚本独自のリズム感をいつのまにか身体的に再体験することになる。歌の「なまなましさ」はここに生まれてくるのだ。

この説明がわかりにくければ、楽譜を見ながら楽

器を演奏するときのことを考えてみるといい。バッハの曲の演奏者は、楽譜上の記号に合わせて指を動かしたり止めたりしながら、実際の音に変えていく。そのとき演奏者は、バッハの身体の動きをなぞっていることになる。死者であるバッハの生命のリズムは、演奏者の身体を通して、まざまざと蘇るのである。菱川の述べている「なまみの人間」が現われてくる感じは、それに近いのではないか。紙に書かれている文字を、読者が身体を通して再表現すること。「実感」とは、そうしたプロセスを経ることで生まれてくるのだと、私は考える。

「辞という、この最も柔い、癒着しやすい部分は、その意味で私にとって不思議に官能的な部分である。塚本の作品に限っていえば、人格などという高潔なものではなく、人間が、まさにそこに在るという感じに近いであろうが、辞にむかう時、まずもってその実感から離れることができぬ。」

菱川が重視した「人間が、まさにそこに在るという感じ」。それは「短歌における〈私性〉というのは、作品の背後に一人の人の――そう、ただ一人だけの人の顔が見えるということです。（岡井隆『現代短歌入門』）」というテーゼと深く関わっている。〈私性〉の問題は、ともすれば、作中の〈私〉が虚構かそうでないかという次元で論じられやすい。しかし、菱川が言おうとしたのは、その次元をはるかに超えたことだ。塚本の作品は、句割れ・句またがりを多用した緊迫したリズムで、独自の息遣いを読者に伝えてゆく。読者はその息遣いを体感することで、作者・塚本邦雄の身体性を（あくまでも擬似的にだけれども）なまなましく感じ取るのだ。短歌の〈私性〉は、そうした身体的なリアリティと、根源的につながっている。

それでは、塚本邦雄の歌のリズムを模倣すれば、他の歌人も彼と同じように、「なまみの人間」を表現することができるのか。もちろん答えはノーである。菱川は、塚本の文体を真似る歌人たちを厳しく批判する。

「辞の変革もさることながら、それが可能であるためには、言語の内なる詩の思想そのものの変革が問われていなければならないのである。根底においてその思想のないところに、いかなる辞の変革、いかなる言語の変革もありえない。」

これはたしかに正論であるといえよう。私も基本的にはこの考え方に共感する。ただ、菱川は「言語〈辞〉」と「思想」を分けてとらえているが、そのように二元化することができるのか、という点には疑問が残る。「言語の内なる詩の思想」というが、「思想」それ自体も言語を抜きにしては成立しないものではないのだろうか。言語の中心に思想があるという見取り図は、現在の目から見れば、やはり古風であると言わざるを得ない。また、その「思想」について菱川は、「思想は、すべて国家権力と個人の対立矛盾のうちに集約しうることである」(「美と思想」)と書いている。だが、「国家権力」を生み出しているのは一人一人の「個人」の集積である以上、この二つを単純に切り離すことは難しいし、「個人」は「国家権力」に守られなければ生きていけない。菱川の言う「思想」を、無批判に受容するわけにはいかないだろう。

しかし、菱川の問題提起が無効になったわけではない。

短歌の表現は、自分と思考や感覚の異なる〈他者〉とつねに交差していなければ、独善的になったり硬直化したりしやすい。歌うことの根源には〈他者〉に伝えたいという思いがあるはずで、それを失くしたとき、短歌は空虚な文字の連なりになってしまうのである。〈他者〉の集合体である社会の中で、自分はどう生きていけばいいのか、という問いをつねに考え続けること。菱川はそれを最も重視したのであり、それを「思想」と呼んだのだと私は考える。

現代は、〈自分〉のことだけに関心がある時代であるという。もしそれが正しいのであれば、菱川の問題提起は今でもなまなましい存在感をもっているのではあるまいか。〈自分〉だけを見ていては、新しい詩が生まれないのは確かだからである。

（『風景と実感』二〇〇八年刊）

牧水と私

一　越表

朝の便所の窓は、霧で真っ白くなっていた。山肌を霧が這うように昇っていた。

そんな風景を、幼いころに見た記憶がある。

私の父は、坪谷中学校の越表《こしおもて》分校で、教師をしていた。結婚したばかりの母を連れ、東郷町の教員用住宅を借りて、新しい生活を始めた。結婚前に住んでいた宮崎市と比べて、とても難儀な暮らしだったと、母はよく語っていた。雨が降ると、蛇口から茶色く濁った水が出たそうだ。山が覆いかぶさってくるような、青い屋根の小さな家だった。

以前、父の回想記を読んでいたら、私たちの住んでいた家の前にあった山道は「流産坂」と呼ばれていた、と書かれていた。急だったので、昔そこで事故があったのかもしれない。もしそこで母が転んだりしていたら、私という存在はこの世から消えてしまう。その坂の名前は、私の心の中に、染みのように残った。そして、妊娠した母を、不安そうに見守る父のまなざしもそこにあった。

短歌を始めてから、

おもひやるかのうす青き峡《かひ》のおくにわれのうまれし朝のさびしさ　『路上』

という若山牧水の歌を知り、なんだか自分の誕生とつながっているような、しみじみとした嬉しさを感じた。

越表《こしおもて》、という珍しい地名の由来は何なのだろう。たぶん、暗い山を越えて、日がよく当たる表《おもて》に出た、という感動がそのまま表れている名前なのではないか。

越表は牧水の生家がある坪谷から、さらに山の奥に入ったところにある。川の水は宝石を思わせる青緑色をしていた。「かのうす青き峡」とは、牧水が見た青でもあるし、私が見た青でもあったはずだ。

上《かみ》つ瀬と下《しも》つ瀬に居りてをりをりに呼び交《かは》しつつ父と釣りにき　『黒松』

という歌の感じもよく分かる。もちろん、私は鮎釣りができる年齢ではなかったから、川のほとりで、ずっと石を拾ったりしていた。「水石」と言って、乾いているときは普通の色なのだが、水に濡れるとすきとおるような青や赤に変わる石がある。そんな石を川の水にひたしながら探していたのである。

ときどき目を上げると、父が川の深いところに腰までつかって、釣竿を高くかかげていたりした。そんなときは、父が消えてしまいそうな不安を感じて、呼びかけたりしたが、ほとんど答えてくれなかった。

ふるさとの尾鈴の山のかなしさよ秋もかすみ

のたなびきて居り　『みなかみ』

この有名な歌を教えてくれたのも、やはり父であった。父は尾鈴山にエビネ蘭を掘りにいったこともあったようだが、山ダニに襲われて大変だったと言っていた。

「かすみ」は春であり、秋に見えるのは「霧」である。しかし、それなのに、秋もかすみのたなびく、と歌ったところがいいんだ、と父は言った。そのころはよく理解できなかったが、今では何となく分かる。宮崎の秋は、明るくて暖かい。山を包んでいるものには、「霧」のような暗さはなく、春の「かすみ」のようなやわらかさがあったのだろう。

しかし、風景が明るいからといって、哀感がないわけではない。南国であるからこそ感じる、透明なさびしさ。それを牧水は歌おうとしたのではないか。そしてそれは、故郷を離れて、東京の秋や異国の秋を知ることによって見えてきた秋の姿であっただろう。やはり、故郷は離れてみないと、その独自性は見えてこないところがある。

私たちの一家がお世話になっていた、楠さんという人の家があった。生活雑貨を売っている商店なのだが、ご主人の部屋があって、そこには猟銃や、はく製になった鹿や、山で使う刃物などが置かれていて、子どもの私は好奇心を持ちながらも、恐ろしい気配を感じていた。それは、獣のガラスの目から伝わってきたものだったかもしれない。

山の闇がなまなまと肌に迫ってくる感触。それも、越表にいたときに、確かに知ったことであった。

牧水の随筆集『旅とふる郷』に、毛皮を採るために狐《きつね》や狸《たぬき》を毒を使って捕らえた話が書かれている。

「……谷ばたに降りて水の近くに死んでゐた。探してゐる間も、いよいよ長くなつて死んだ所を見附けた時も、其処等《そこら》に霧の深い朝など多く、実に不気味で、さびしかつた。現にその心持《こころもち》が身体の何処《どこ》かに残つてゐるさうな気がする。」

この文章を読んだとき、幼いころに見た白い霧の記憶を言い当てられたように思った。山の陰には、ふっと死の世界につながるような境界がある感じがする。

　牧水の山の歌は明るさのあるものが多いけれど、そのかたわらにある深い影をつねに感じながら、歩き続けた人だったのではないか。

わが行くは山の窪《くぼ》なるひとつ路《みち》冬日ひかりて
氷りたる路　『くろ土』

二　自己の拡張

　近代以降の短歌は、自己を歌うことが、大きなテーマとなった。自分の人生を自分で選び取りたい。そんな若者の切実な願いが、短歌の中で表現されていったのである。

われ歌をうたへりけふも故わかぬかなしみど
もにうち追はれつつ　『海の声』

　これは若山牧水の第一歌集の冒頭の歌だが、「われ」すなわち自己を歌うことが、高らかに宣言されている。

みな人にそむきてひとりわれゆかむわが悲し
みはひとにゆるさじ　『海の声』

　他の人たちに逆らっても、自分は自分の道を生きていく。自分の抱いている感情は、自分だけのものなのだ。自分を信じる思いが、このころの歌には満ちあふれている。

夕海に鳥啼《な》く闇のかなしきにわれら手とりぬ
あはれまた啼く　『海の声』

　恋をすることで、ただ一人の女性に逢い、「われ」

は「われら」となる。二人で手をとって生きていく感動が、みずみずしく歌われている。

ところが牧水の恋は破局する。心に深い傷を負い、自分に対する信頼も失われてしまったのである。


なほ耐《た》ふるわれの身体《からだ》をつらにくみ骨もとけよと酒をむさぼる　『路上』

失恋をしても、自分の身体は変わらずに存在する。それが悔しくて、牧水は酒を暴飲し、自分の身体を破壊しようとする。ここで起きているのは、心と身体の分裂だ。当時の牧水は自殺も考えており、非常に危険な状態にあったといえるだろう。自己を信じられなくなったとき、人間は大きな危機に陥るのである。

牧水はどのように自己を回復していったのか。私はそれに注目することが、牧水の歌を読むうえで、とても重要であると考えている。


はつとしてわれに返れば満目《まんもく》の冬草山をわが歩み居《を》り　『路上』

長い間、道を歩いていると、頭がぼんやりしてくる。ふっと意識が戻ると、いつのまにか冬草が広がる山の中を歩いていたことに気づいた。

このようなことは誰にでもあるのではないか。私たちは無意識のうちに行動していることも多いのである。

自己というのは、明確に把握できるものだけではなく、「無意識の自分」も存在する。そのように考えれば、自分はもっと大きく広がっていく。


とこしへに解《と》けぬひとつの不可思議の生きてうごくと自《みづか》らをおもふ　『独り歌へる』

このような、自分を超えるように「生きてうごく」身体の不思議さ。牧水はそれに強い関心を持っている。そういえば、この文章の最初に挙げた歌も、「故わかぬかなしみども」に追われるように生きている、と歌っている。わけのわからないものが、自分を突き動かしていることに、牧水は初めから敏感に気づいていていたのだった。

このように「無意識」を歌うことは、当時の短歌において非常に新鮮な試みであったはずである。

フロイトの無意識という概念が日本でよく知られるようになるのは、大正時代の末期。『海の声』や『路上』は明治の刊行だから、いかに牧水の歌が新しかったかが分かる。

山のかげ水見てあればさびしさがわれの身となりゆく水となり　『路上』

牧水は、こんな歌も作っている。山の中の清水を見ていると、さびしさというものは自分の身体の中にあるようでもあり、水自体がさびしさでもあるように感じられる。

とても不思議な表現だが、これも理解できる感覚なのではないか。自分の感情は、自分の中だけにあるのではなく、身の回りの風景にも広がっている。たとえば夕暮れの空を見ると、自分が悲しいとも感じるし、空が悲しいとも感じる。自分とは身の回りの風景とつながっており、ときどきは一体化もするのである。

石拾ひわがさびしさのことごとく乗りうつれとて空へ投げ上ぐ　『路上』

この歌もとてもおもしろい。自分のさびしさを小石に宿らせることも、牧水はできたのである。『牧水歌話』に、次のような一節がある。

「我がこころゆく山川草木に対《むか》ふ時それを歌ふとき、山川草木は直ちに私の心である。心が彼等《かれら》のすがたを仮つてあらはれたものにすぎぬ。」

「こころゆく」とは、思い残すことのないほど十分に、という意味だが、そのように自然の風景を歌うとき、自己とは小さく狭いものではなく、もっと大きく豊かなものになる。自己を拡張することによって、牧水は自分が分裂する危機を乗り越えたのである。

啼《な》く声のやがてはわれの声かともおもはるる
声に筒鳥《つつどり》は啼く
『くろ土』

後年に歌われた一首であるが、自分と鳥の声が重なっていく。このように自然と同化していく表現は、牧水の歌にいくつも見いだすことができる。自分を広げて自然に溶け合っていく歌。それが牧水の大きな魅力なのである。

三 〈公〉への通路

大正九年、若山牧水は東京から静岡県沼津市に移住した。「千本松原」と呼ばれる、海岸に沿う広大な松林や、つねに眺めることができる富士山が、沼津を選んだ理由であった。大正十四年には新居を建て、いよいよ腰を据えて、作歌活動の拠点にしようとした。牧水は四十一歳であった。

ところがその翌年、千本松原の伐採計画が明らかになる。県は、松を材木として売ることで、財源にしようとしていたらしい。

牧水は「千本松原伐採反対市民集会」に出席し、演説をしたという。牧水の弟子の大悟法利雄はそのときの様子を目撃しているが、「演説とか講演とかいうようなことのあまり得意でない牧水としてはまことに珍しいことであった。」と記している（『若山牧水伝』）。

牧水はもともと、社会運動に積極的なタイプとは言えない。若いころには、

洪水《おほみづ》にあまたの人の死にしことかかはりもな
しものおもひする
『路上』

という歌も作っている。明治四十三年に関東地方で起きた大水害が背景にある。七百名以上の死者が出たのだが、牧水はそんな社会的な大事件よりも、自分の恋の「ものおもひ」のほうが大切なのだ、と歌った。災害が大きな話題となる中で、あえて〈私事《わたくしごと》〉の重要性を強調した歌と言えよう。これは現代でも理解されやすい歌かもしれない。今は社会の大きな変動期であろうが、そんなときにはかえって、「無関心でいたい、むしろ自分の生活を大事にしたい」という心理が働きやすいのだ。

社会に対して「かかはりもなし」という思いも抱いたことがある牧水だったのに、なぜ千本松原の伐採運動に参加したのだろうか。

路ひとつほそくとほれる松原の此処《ここ》の深きに
みそさざい啼《な》けり　『黒松』

低くして手も届きなむ下枝に啼きてあそべる
四十雀《しじふから》の鳥

松原の中を細く続いている道を歩きつつ、牧水はさまざまな小鳥に出会った。松だけが大切なのではなく、いろいろな動植物が共に生きている環境がかけがえのないものなのである。前回にも書いたが、牧水は「山川草木は直ちに私の心である」という思想を持っていた。そうであるから、松林が伐採されることに、自分の身を切られるような痛みを感じたのだろう。

ちひさきは小さきままに伸びて張れる木《こ》の葉
のすがたわが文にあれよ　『黒松』

また牧水は、自分の文章も木の葉のようであってほしいと願っていた。木と言葉は、牧水の中で一体化していた。木を守ることは、自分の言葉を守ることでもあったのだ。

牧水は伐採に反対する文章を、新聞にも書いている。大正十五年九月に「時事新報」に掲載された「沼津千本松原」という文章の一節を引用する。

「私は無論その松原の蔭《かげ》に住む一私人としてこの事を嘆き悲しむ。が、それぱかりではない。比類なき自然のこの一つの美しさを眺め楽しむ一公人として、またその美しさを歌ひ讃へて世人と共に楽しまうとする一詩人として、限りなく嘆き悲しむのである。」（傍線筆者）

牧水は一人の〈私人〉として伐採に反対する。しかし、自分が松原を愛していることを述べるだけでは、エゴイズムと捉えられてしまう。自然保護運動がまだ一般的でなかった時代である。開発を行う県の力は圧倒的に強かった。

しかし、自然の美しさを知る人々が増えていけば、反対の主張は〈公人〉のものになる。松林はあまり華やかな風景ではない。だが、牧水の歌や文章を読んで、初めて千本松原の美に気づいた人たちもいたに違いない。〈詩人〉は、美しさを発見し、それを言葉で表現することで、世の中の人々と共に楽しむ場を作っていく。詩歌とは、〈私〉の感動を〈公〉に開いてゆく通路と言っていいかもしれない。

牧水は正義を主張することで伐採を止めようとしたのではない。美しさを歌い、誰もが心の中に持つ共通的な感性に訴えようとしたのである。

茂りあふ松の葉かげにこもりたる日ざしは冬のむらさきにして　『黒松』

夕暮れが近いのだろうか。松の間に差す暗い冬の日は、紫色を帯びている。静かな歌だが、いきいきと情景が目に浮かぶ一首である。

牧水の活動が功を奏したのかどうかは分からないが、結局、県の伐採計画は中止となったのだった。

こうした牧水の生き方は、現代にも大きな示唆を与えるものだろう。もしも事故があったら、非常に深刻な影響を与える原発。あるいは海を埋め立てて造られようとしている沖縄の辺野古の基地。失われてしまったら、二度と取り戻すことのできない自然がある。そんな自然の美しさを知ること、そしてそれを芸術として表現していくこと。非常に小さな営為であるけれども、〈私〉から〈公〉へと思いをつないでいくことの大切さを、牧水は教えてくれるのである。

（「宮崎日日新聞」二〇一七年一月二六・二八・三〇日）

解説

レッテル剝がし

——吉川宏志歌集『青蟬』

小池　光

十八歳から二五歳までの作品集である。学生時代から就職して結婚してやや早目の年齢で父親となる。こういう背景を思えば「青春歌集」の典型ということで、ならば「爽やか」「みずみずしい感性」「しなやかな現代感覚」とかいうレッテルが付属語のように貼り付く。しかし、この歌集はそういう読み方は違和感を抱かせる。レッテルで分類できない。逆にレッテルのズレによって、作品が出来てる。

　紫陽花に吸いつきおりしかたつむり動きはじめて前後が生ず

かたつむりの「観察」として必ずしも正確とはいえないかもしれないが、動きによって前後が生まれるのであってその逆でない。ふつうは前後というレッテルによって動きを認識するわけだがそれをズラす、ないし転倒する。ことばによる世界の組み替えが、気張ることなく、気取ることなくごくやすらかに行われている。

　円形の和紙に貼りつく赤きひれ掬われしのち金魚は濡れる

　半顔に太陽浴びて行くときを避妊具のごと朝顔しずか

　夕空はしずかに反りて自転車の鍵を外すとしゃがむ妹

「濡れる」というコトバ（その現象でなく）が、「濡れない」ということとの対比によってはじめて意味をもっていることを気付かせる。金魚掬いの紙の上ではじめて金魚は「濡れる」。水中では濡れてないのだ。コトバがまことに正しい。そして、まこと正しくコトバが機能するとき、逆にコトバは「現実」から離れる宿命にある。それが現実世界の組み替えということ。避妊具なんてものは、あんなぴらぴらした薄膜なのに、どす黒いレッテルが十重二十重に貼られてる。そのレッテルがあっけなく剝がされる。自転車の鍵のため「しゃがむ」妹には、思春期の異性の肉体が発散する一種のやりきれなさがういういしく形象化されており、中でも印象ぶかい。

青春とは物語であって、ある普遍的な物語の上に短歌をのっけて読む。また無意識のうちにもそう作る。でもその物語は、ナーバスであればあるほど自身を裏切るはずのもので、現実はどこも物語でない。この作者はそういう錯覚の構造についてひじょうにナーバスであると同時に自身に正直だ。いつわりのない歌集を読んだ印象である。

（「短歌」一九九五年一二月号）

『青蟬』跋

永田和宏

私たちは多くの青春の歌を知っている。華麗、爽やか、初々しさ、情熱、熱い思い、などなど、青春の歌に冠せられる言葉はかずかぎりなくあるように思われる。

吉川宏志の第一歌集『青蟬』は、十代後半から二十代前半にかけての青春の軌跡であるが、私たちが知っている青春歌集とはかなり趣を異にしているように思われる。パセティックに読者の胸倉を摑んで引き据えるような性急さや、ブッキッシュな知識の披瀝、奔放な想像力の世界の開示や、あるいはアクロバティックな言語操作といった若さの特権的な世界からははるかに遠い。むしろさりげない表現のなかに込めた一歩の新を、じっくり読み込んでくれる読者を待っている風情である。たとえば、次のような作品を見てみよう。

ガラス戸にやもりの腹を押しつけて闇は水圧のごときを持ちぬ

背を向けてサマーセーター着るきみが着痩せしてゆくまでを見ていつ

最初の章に、こんな歌が並んでいる。吉川宏志のもっとも若書きに属する作品たちであろう。しかし、これらは危うさや華やぎといった若さの商標よりは、作者の技巧の完成をより強く印象づけるものとなっている。それもそんな技巧は、注意深く作品を読まなければ見過ごしてしまうような、微かなところに施された技巧であるとも言えよう。

一首目、「闇は水圧のごときを持ちぬ」が作者の視線である。これは誰の目にもつきやすい。しかし、第三句の「押しつけて」にもっとも言いたかった作者の発見があったことを読み取ることこそが大切だろう。やもりがガラス戸にぴったり張り付いている。それは普通ならやもりの習性として見過ごしてしまうところである。それを吉川は、闇がやもりの腹を押し付けていると、感じるのである。そこに闇の水圧を感じている。こんな目立たないところにこの若い作者の目は行き届いているのである。

二首目もかなり複雑な精神作用の感じられる作品だ。「きみ」という女性の仕草をうしろからほのぼのと(あるいはほれぼれと)見ている図、と、一応は取れる。しかしこの歌は、実はサマーセーターを着る「きみ」を見ているのではない。それを着る前の「きみ」をこそ見ているのである。セーターを着てしまえば、すんなりと見えるのに、着ていないときの「きみ」は、と言った、ある意味ではエロスの歌であり、ある意味では〈のろけ〉の歌であると言ってもいい。それが、実に爽やかに歌われている。ここには当然のことながら、歌われている時間の背後に流れていた、〈それ以前〉の時間の存在が暗示されている。その暗示の仕方は、健康的であり、嫌みではないが、そうすんなりと表面づらだけでは読ませないといったしたたかさがかいま見えている。

私の周辺を、すでに多くの若者たちが流れすぎていった。吉川宏志は、それらの若者たちのなかでも、はじめて短歌を作り出したときから、一貫して身近にその作品を見てきた数少ない一人である。作品だけでなく、大学生となって京都に来たときから、恋をし、またいったんは破れるとみえたその危機を乗り越え、就職し、結婚し、子供を設けるまで、おおよそ、この歌集で歌われている実人生を、もっとも身近に、そしていくぶんはらはらと見てきた一人である。そんな身近にありながら、こうして歌集としてまとまった作品群を見て、先にあげたような完成度の高い作品が、編年体のもっとも初期に属する作品群の中に並んでいることにいまさらながら驚くのである。

そういえば吉川宏志は、どちらかと言えば最初から〈普通の〉若者とは少し違った印象を残す青年であった。宮崎なまりでとつとつと話す口ぶりは、時にじれったい印象を残す程であるが、それは、人の理論を小器用に拝借するのではなく、常に自分のことばで、自分だけの考えをまとめようとするじれったさというものであっただろう。内容も軽いタッチの〈ノリ〉でと言った今風の学生らしくなく、きまじめであり、老成した感さえいだかせるものであった。そんな意味で、強いて言えば、高野公彦がデビューしたときのような印象を持ったものだ。

私は何度か、吉川宏志の歌について、それが本質的に〈発見の歌〉であることを言ったことがある。

カレンダーの隅24／31　分母の日に逢う約束がある
円形の和紙に貼りつく赤きひれ掬われしのち金魚は濡れる
さくらふぶき流れて茂吉胸像の丸き眼鏡にレンズはあらず
茂吉像は眼鏡も青銅《ブロンズ》こめかみに溶接されて日溜まりのなか

まだまだ挙げていけばきりがないほどだ。いつも見慣れているカレンダーだが、なるほど言われてみれば、三十一日は「分母の日」である。水のなかを泳いでいるときは少しも気がつかないのに、地上に引き上げられた金魚は確かに濡れている。私たちの常識は、金魚は水の中にいるから濡れているのだと教えるが、「濡れる」という語の本来の意味から言っても、濡れたのは掬われてからに違いない。

茂吉胸像の二首は、もっと見やすい例であろう。山形の茂吉記念館に行った折の作品だが、私たちがものを見るのは、いかに「つもりになって」見ているに過ぎないかを、この二首は端的に示している。眼鏡のつもりで作られた丸い輪は、実は眼鏡でもなんでもなくてただの丸い輪なのであり、その輪の中にはある筈のレンズが〈無い〉。茂吉胸像は眼鏡をかけているが、それは私たちが「かけている」と見ているからそう見えるのであって、青銅の「眼鏡」は、実はこめかみに溶接されていたのであった。

このような作品を読むと、日常いかに私たちが、「つもりになって」生活しているかに、愕然と気づかされることになる。吉川宏志の歌は、そんな「つもりになって」いる私たちの常識をするどく衝いてくる。いや、衝くなどといった、意図的なものではないだろう。彼には、ものを見るのが楽しくて仕方がないといったところがある。幼児のように、網膜に映ったものを、そのままの形で表現しようとし、目にするもの全てを自分のことばに置き換えてみようとするプリミティヴなよろこびが、作品の背後から沸き上がってくるようなのだ。

読者とてそれは同じであろう。私たちが、他人の短歌作品を読むのは、決してその作者の境涯や私生活に同情したり、わが身に引き付けて追体験したりするためではない。そんな目的のためであれば、小説を読めばいい。極論すれば、短詩型作品を読む喜びは、作者のものの感じ方、見方のその〈型〉を体験することにほかならない。上にあげたような、普段は常識の陰に隠れて気づくこともなく済ましてきたものたちの、あり様《よう》を気づかせてくれるところに、そしてそんな感受の型を、自分のものとして組み入れて行くことが可能になるところに、歌集といった高価な、しかも読むのに骨の折れる本を読む喜びはあると言うべきだろう。

　上のように目立った形ではなくとも、吉川宏志の作品には、注意深い視線が捉えた小さな発見が、歌集中随所に拾うことができる。

「冬」の字の二つの点をゆったりとつなげて
手紙書きはじめおり

中途より川に没する石段の、水面までは雪つ
もりおり

日曜の将棋欄にて歩と銀むかいあいおり昨日
のままに

面接を長く待ちいる窓辺には臀部ゆたけき入
道雲が

頬骨のとがるあたりに引っかかる涙の粒を正
面に見つ

野沢菜の青みが飯に沁みるころ汽車の廊下は
ゆらゆらと坂

秋雨はどうしてこんなに目立たずに扉《と》に挟ま
れし新聞濡らす

いずれも小品といった趣の作品である。どの作品にも発見があるが、どれも一読蒙をひらかれるといった類の大上段にふりかぶった作品ではない。むしろ、日常のなんでもない光景をそっと歌にしたようなつつましさに満ちている。つつましくはあるが、覆いようもなく若さが息づいている。このような作品を私は好きだ。

　日曜の将棋欄に向かい合う銀にしろ、水面までは雪の積もっている川堤の石段にしろ、言われてどれほどの得をするものではないだろう。あたりまえの光景である。しかし、あたりまえの光景こそ、それに気づくのが本当はもっとも難しいものなのだ。それらあたりまえのことは、あたりまえに言われることによって、それに気づいた作者を強く意識させるものなのである。

風を浴びきりきり舞の曼珠沙華　抱きたさは
　ときに逢いたさを越ゆ

集中、当然のことながら相聞歌は多い。どの歌も相聞的情緒を背景に置きながら読まざるを得ないほどである。抱くという直截的表現が多いのも目につくところである。若い歌だと言うことができる。しかし、この一首を代表として見てみても、ここは若さの誇示はいささかも感じられない。誇示はないが、まぎれもなく若さが歌わしめている歌である。逢うということのなかに胚胎してゆく筈の抱きたいという思いが、むしろ逢いたさを追い越してしまう。こんな思いは、男なら誰もが経験してきたところだろう。若く健康的な性欲と言ってもよい。そんな直截の思いも、しかし、ここでは実に落ち着いた、むしろ落ち着きすぎるくらいに落ち着いたトーンで処理されている。上句に「きりきり舞の」があるが、うずくような性の衝動さえもが、曼珠沙華の動きのなかにさりげなく溶解されているといった風情であろう。

この一首がそれでも例外的に、直截的な若い感情の吐露であるとして、他の作品は、さらに淡く、淡いがゆえの青春の痛々しさをかいま見せるものとなっている。

先を行く恋人たちの影を踏み貝売る店にさしかかりたり

恋人の来るたび食器増えゆけるこの台所ににく吊るす

冷蔵庫側に座るを常として女は吾にかぼちゃを食わす

ひっそりときみが泊まっていった夜は私書箱宛のハガキのように

四十になっても抱くかと問われつつお好み焼きにタレを塗る刷毛

これらの作品をあまりに日常的だと言うだろうか。

なかには生ゴミ袋に精液を捨てるといった歌まであって唖然とするのであるが、それらをも含めて吉川宏志が、短歌に求めているものの片鱗がこれから見えてくるような気がする。それはあるいは現実の手触りということばで言うことができるだろうか。現代短歌が忘れようとしている、ある種の原風景とでもいったものが、ここにはあるだろう。それは、とびきり新しくはないけれど、まぎれもなく存在感の確かな懐かしさでもある。

窓辺にはくちづけのとき外したる眼鏡がありて透ける夏空

鍵をした窓から月の光差し君はいっぷう変わった壜だ

炎昼の新宿を歩むからだから醤油のような影流れ出す

述べてきたようなしっかりした現実感に裏打ちされた作品群のなかに、このような作品も多く見られる。いずれもどこといって奇抜な表現はないのに、ずいぶん思い切った感性が表出された作品である。一首目をルネ・マグリット的風景と言うなら、二首目はピカソ的と言えばいいのだろうか。どちらもくっきりした、それでいて平面的でない不思議な空間を形成している。アナロジーついでに三首目をダリ的といえばどことなくそんな感じがしてしまうが、「醤油のような」が妙に現実めいて不気味でさえある。まぎれもなく新宿という都市の中心でありながら、爆心地を行く人影のように、しんとした静けさにみちている。

こんな不思議な作品を内包しつつ、吉川宏志の作品は、あくまで現実の手触りを大切にしようとしているように見える。若い作者の作品から、生活の手触りが消失しつつあるとき、吉川の作品は、ある種のアンチテーゼとして確かな存在感をもっているということができるだろう。

彼の作品については、まだまだ言ってみたいことが多くある。たとえば、日常慣用語の積極的導入もそのひとつだ。「ひとたまりもなく沈む秋の陽」「会社を出れば案の定雨」など、日常なんの気なしに使っていることばが、詩語としてどのように再生可能かを探る試みも、この歌集のなかでかなり意識的に行われている筈だ。そんな考察も面白く、また短歌表現論の本質につながるものに違いない。

しかし、あまりに長いおしゃべりは、この魅力的な歌集のためには余計なものだろう。ひとりでも多くの読者に恵まれて、この歌集の作品たちがさまざまの角度から論じられ、愛誦されることをねがってやまない。

（『青蟬』初版所収）

会いに

鳥居

この歌集に出会ったとき、私は家族を失い、家を失い、ふるさとを失っていた。元々は裕福で、名家に生まれたはずの自分が、十代の半ばですべてを失うなど、もちろん望んだことではなかった。

孤児院やDVシェルターで過ごしたのち、他人の家を転々とする日々が続いた。納屋や屋根裏部屋に追いやられながら、苦しくてやりきれない毎日を送っていた当時、本だけが友達だった。

たとえば隠し部屋で息を殺して文字に親しむアンネ・フランクや、疎開先で懸命に生きる戦争孤児たちの手記に自分を重ねることもあった。今でも、彼らの気持ちに共感できるような気がする。

「人間のもっとも強い欲求とは、孤立を克服し、孤独の牢獄から抜け出したいという欲求である。この目的の達成に全面的に失敗したら、発狂するほかない」とエーリッヒ・フロムは言う。

「文学や芸術に何ができるのか」と問われたら、私は、文学や芸術は「生きるための必需品」だと答えたい。

ある日、小さな図書館で、偶然手にした本。それが『青蟬』の収録された『吉川宏志集』だった。

私は小学生の時から、あまり学校に通えなかったため、今も国語がよくわからない。そんな私でも『青蟬』には惹かれた。この紛れもない事実だけは伝えたいと思う。

短歌は一部のエリートや専門家のための文学ではなかった。一方で、教養や知識がなければわからない世界も確かにあると思う。たとえば、

　模擬テスト売りに来し吾を教師らは豊田商事を見るごとく見る

〈身を要なきものと思いて〉秋の川の扁たき橋を渡りはじめぬ

これらの歌は「豊田商事事件」や『伊勢物語』の「東下り」を知っていた方が、意味がよくわかる。

歌によって知らない言葉や歴史に出会い、調べることは楽しいことだと思う。

　アヌビスはわがたましいを狩りに来よトマトを齧る夜のふかさに

アヌビスは、エジプト神話に登場する冥界の神で、黒い犬のような見た目をしている。不倫によって生まれ、死者の罪を量る役目を担っているという。二人の異性への思いのあいだで揺れる歌群のあとに、この歌が置かれている点に注目したい。

後の「貸家」という一連には、このような歌がある。

向かい家の黒犬が吠ゆ　この部屋の記憶は腹

の子に無いだろう

私は、先ほどのアヌビスを思い出してしまう。また「地形図」という一連では、

「イラク軍の盲撃ち」と言いしキャスターが
謝罪しており地形図を背に
農村をしらみつぶしに降る雪にトラクターこ
そ赤み増したれ

「盲撃ち」の余韻をひいたまま「しらみつぶし」を読むことで、何でもないはずの農村が、トラクターの赤みが、異様に緊張感を持った景色に感じられてくる。

このように『青蟬』には、歌と歌とが呼応しあい、歌集や連作だからこそ、味わえる工夫が随所に施されている。このことが、短歌にあまり慣れていない人にも、最後まで読ませる力になっていると思う。

死亡者名簿の漢字の凹凸が嚙みあうように隣
り合いたり
ガラス壺の砂糖粒子に埋もれゆくスプーンの
ごとく椅子にもたれる
カレンダーの隅24／31　分母の日に逢う約束
がある
しばらくの静謐ののち裏返るミュージックテ
ープは魚のごとしも
いま駅に着いたところ、と母に言う市外局番
今日は押さずに

これらの歌には、見慣れたはずの日常を新たに捉えなおす新鮮さや面白さがある。こうした歌を読むことで、自分と作者は、たしかに同じ世界に生きている、通じ合えているという実感を持つことができる。

ではいったい、この歌集の主人公（あるいは作者）は、どのような人だろう。

窓辺にはくちづけのとき外したる眼鏡がありて透ける夏空
月曜に二月は終わり文通は僕が返事を書く番になる
「冬」の字の二つの点をゆったりとつなげて手紙書きはじめおり

眼鏡をかけている人だとわかる。文通をするような古風な人でもある。そして恋をしている。

睡りつつまぶたのうごくさびしさを君のかたえに寝ながら知りぬ
れんげ野に膝を崩して座るきみ上手にわれを困らせながら
はくれんは午後の光を捌きおり名前呼びつつ君を抱き敷く
同じ風浴びているのに君ばかり目を閉じていた　合歓の木のもと

どの歌も美しく、静かだと思う。

四首目、合歓は木の名前以外にも「喜びを共にすること」の意味を持つ。風に吹かれながら祝福にふさわしいその場所で「君」は目を閉じている。どんなに親しい間柄であっても、主人公は恋人と、すべてをわかちあうことはできない、そんな甘いさみしさが伝わってくるようだ。

ときには、愚かさや弱さ、痛みと向き合うような歌もある。

止血するごとくまぶたを強く圧し陽射しのなかで我は泣かざり
逆上の果てぼろぼろになる君を性欲もなく抱くということ

赤裸々にも思えるこれらの歌には、読むたびに胸が締めつけられる。

歌集をひらき歌を目で追うことは、その人に会いに行くことだ。私たちは何度でも彼に出会うことができる。

（書き下ろし）

積極的受身の生

澤村斉美

第一歌集『青蟬』で、作者は、大学生時代から卒業後結婚しひとりの子どもを持つまでを表現した。

ほんとうに若かったのか　噴水はゆうやみに消え孔《あな》を残せり　『青蟬』

歌集の最後の歌である。自分の若い時代、青春時代が遠ざかって幻のようになりつつあること、また、そのような時代が確かに自分の身の上に起こっていたことに対する信じられないという思いが、「若かったのか」という自問に込められている。一日の終わりゆくときに最後に吹き上げられて落ちる水の、真ん中に孔を持つ残像が、自分からある時間が去っていったことの空虚さを語る。『青蟬』一冊を通して、恋愛の歌や性の歌も含めて青春性のある歌を並べてきた作者が、このように最後の一首で若さから一歩身を引いた視点を見せる。しかし、完全に身を引いたのか、引くことができたのかというとそうでもない。

りんご酢の壜立てられしテーブルに借り物のごと妻と子が待つ　『青蟬』

『青蟬』の終わりから三首目の歌である。壜の内にりんご酢の淡い黄金色の透き通った液体が入っており、それがテーブル上にあるという光景が美しい。同時に、妻と子どもと同等のものとして、りんご酢の壜は作者の目に映るのである。家族を持ったものの、作者にとってその空間はいまだなじめない場所であり、妻と子どもが借り物のように見えるという。作者は、この先の時間をこの妻と子どもと過ごしていくはずなのに、そのような家族を守っている自分の状況にまだ違和感を覚える。一方で青春の時間は確かに過ぎ去ってしまったのであり、作者はある時代から次の時代への移行期のまっただなかにある。『青蟬』の終盤において、この移行期の一端が示されたことは、第二歌集『夜光』へのつながりを滑らかにしており、そのつながりから、『夜光』では過ぎ去った若さについて自分なりにどう整理していくかということを、主要なテーマのひとつにすることに成功している。（以下引用歌は『夜光』より）

泣きやまぬ赤子を抱けり秋の夜のヘッドフォンからZARD《ザード》が流れ

八月の馬乳のような陽を浴びて若き日は過ぐ過ぎて誘う

『夜光』の前半、子どもを持ったといってもまだ父親になりきれていない作者の姿がところどころに現われる。例えば一首目は、赤ん坊を抱いて落ち着かせようとしながらも、ヘッドフォンで耳を塞ぎ、ZARDの声に作者自身が宥められているようでもある。泣きやまぬ赤ん坊に対して、父親として正面から向かうというわけではなく、父親という役割を違和感を持ちながらも受け入れ、なんとかしなくてはという面持ちで取り組んでいる風である。若さから次の時間への移行期にある一首と言えるだろう。また二首目、上句の「八月の馬乳のような」という比喩が魅力的である。過ぎ去った若き時が眩しさを伴って目の前に現れる。すでに次の時代に生きていながら、自分を過ぎ去っていった「若き日」に心をひかれてしまう。若き時を未だ相対化しきれていない状況にあることを示す一首である。しかし、いつまでも自分が若いわけではないことを作者はよく知っている。

しらさぎが春の泥から脚を抜くしずかな力に
別れゆきたり

しらさぎが春の泥から足を抜く、そんな風に自分も「しずかな力」で別れていくのだという。人や、場所、あるいは時間など、何かから別れていくときに、作者は「しずかな力」で別れていく。固執することやきっぱりと別れることがなく、ゆるやかに次のものへ移っていこうとするこの感覚で、若さからも別れていこうとしているのかもしれない。

ゆうぞらに無音飛行機うかびおり泣いて涼しくなりしか人は
白い手はいきなり過去になっていた　自転車の輪が草をはじけり
白桃を電話のあとに食べておりゆうぐれ少し泣いた　ほんとだ

歌集の前半Ⅰのおわりに「山雨」という一連がある。その中から三首を選んだ。ゆるやかに、しずかに様々なものから別れ年を重ねていくことが、直ちに達観や老成につながるわけではない。作者は、挙げた三首に見られるような途方に暮れる自分の姿も見せる。一首目では、泣いている人のそばにいて、ぼんやり空を見上げるしかない等身大の姿が、無音飛行機という空虚なものとともに歌われる。二首目では、自分の上にゆるやかに流れていたはずの時間の蓄積に気がつくとき、突如、たとえば自転車の回転する輪が草群とすれ違う一瞬ピッと草をはじくように、身近にあった出来事やものが過去へ飛び去るということに驚きを感じている。一瞬にして過去として認識してしまったものに対して、作者はやはり途方に暮れた姿そのままでいる。また三首目、泣くという感覚を、長い間忘れていたのだろうか。電話で受けた言葉が作者に泣くことをもたらす。信じられないような思いを持って自分が泣いたことを振り返っている。振り返りながら食べるものが桃であるところに、自分の中になまなまと蘇った泣く感覚と、損なわれたものとを確認しているような、甘いさびしさがある。そのようなナイーヴさを、若き時、『青蝉』の時と変わらずに持ちながら、変化しつつあるのだ。

子に怪我をさせてしまえり甃道《いしみち》に蟬声の輪はせばまりてくる

物音の透き通るまで疲れおり夜更けの卓に梨の皮濡れて

時間の葉広げておれば兄妹《きょうだい》の幼虫が来て食い荒らすのみ

妻が泣き部屋が脱色してゆけり水栽培のにんじんの葉も

鯔《ぼら》のごとき親族の口ものを言うつづまりは家を買うなを言えり

歌集の後半に入り、作者は日常を生きる者として粘り強く日常の歌を連ねていく。仕事に疲れること、家族に自分の時間を取られて苛立つこと、家族のひとりひとりに向き合わねばならないこと、親戚とのしがらみ。若い頃には知らないふりをしてでも過ごせたものに直面せざるを得なくなってきている。そして、直面せざるを得なくなったなら得なくなったで、作者はそれを受け入れて歌にしていくのである。

若いのならば若い自分を、若くもないし老成しているわけでもない、中途半端な移行期にあって不安定であるならば、不安定な自分をそのまま受け入れていく。それが作者の生き方であり、生活して年を重ねていくことについて妙な力が入っていないように感じられる。若くあることがもてはやされる現在、そして若くあるための身体的精神的道具が気持ち悪いくらいに揃っている現在にあって、年相応に老けていくことは実は難しいのかもしれない。また「ふつう」に年をとるということの「ふつう」が毛嫌いされる感じもあるから、ふつうに年を重ねながら見えてくる日常の断片を歌うことは、あまりにも地味で当世受けはしないかもしれない。そのような状況にあって、作者は状況を受け入れ「ふつうに」年を重ねていくという生き方を、堂々と主張している。主張していながら、その主張が押し付けがましくなく、作品として味わえるのは、さきほど挙げた「ゆうぞらに」以下の三首のように、失うものや心の揺らぎについての痛みを正直に作品化しているからであろう。状況を受け入れることは決して簡単なことではない。順応もまた痛みを伴う。そのことを隠していないので、作者の良しとしようとする生き方には説得力があるのだ。

山霧ゆオットーン鳥の声は漏るオットーン鳥のゆうまぐれどき

ぼってりと陽を浴びている鶏頭に蜆蝶の時間が混じる

糊のように疲れし我はゆうまぐれ山茱萸《さんしゅゆ》の黄の花に寄りゆく

日常生活に対峙していく中で、作者は自然の世界に寄せる心をますます強くする。自分も同じゆうまぐれどきを過ごしていながら、オットーン鳥にはオットーン鳥の時間があると感じ取る。また、自然の世界の中でも、鶏頭と蜆蝶には別々の時間があり、その質の異なる二つのものをひとつの景色にまとめあげているのがぼってりとした陽である。ひとつの景色の中で、陽、植物、虫に自然物どうしの関わり合いを感知することは、よほど自然に愛着を持って見つめていなければできないことだろう。また三首目では、疲れたときには慰めを求めるように山茱萸《さんしゅゆ》の花へ寄っていくという。こうした自然世界への興味が作品化されたとき、それが単なる個人の好みで終わっていない。読者に自然の見方を教えてくれる。自身の心情を表現するために利用される自然でなく、一首目や二首目のように、純粋な興味から自然を示すことによって、読者にも自然を眺める目を提案する。川辺の雑草や、電線にとまる鳥など、町の中にもあるはずの自然にすら目を向けることのなくなってきている人の多い中でこのような歌は貴重であると思う。

ぼうぼうと春の雪降るこの町に貯金をしつつ
ぼくは生きてる
生家ありおしろいばなのむらがりにがりがり
錆びて本棚が立つ

われはひとつづきのときを生きながら幼き日
より山の影さす

最後に、ここに作品化された生き方の根底に流れる、ある確かさに触れておきたい。若き時代から次の時代へ移行しながら、作者はゆるやかに変化していく。その根底にあるのは、自分は一つのつながりのある生を生きているのだという意識である。ひとつの町に貯金をしながら長くい続け、貯金がたまっていくのと並行して時間が貯蓄されていく。一首目では、ひとつの場所にい続けることについて貯金を通して、生きていることを実感している。二首目をはじめとして、ふるさとや生家のことに触れる歌が何首かみられるが、それは生まれた土地、自分のルーツへの興味であるといってもいいだろう。生家には人はすでになく、おしろい花が群れて茂り、そこにはそのままに放って置かれた金属製の本棚が、錆びながらも立ち続けているという。作者自身、生まれた土地から離れているが、作者が現在生きているのはその土地で生まれ育った時間の続きにある時間なのであり、錆びて立ち続ける本棚に、自分がつながりのある時間を過ごしてきたことを実感したのではないか。最後の一首では、作者の「ひとつづきのとき」に対する意識を明示している。時代、時代で分断されるのでもなく、自分の由来を無視するのでもなく、過去に自分の上に流れた時間を自分に連なるものとして引き受け、おそらくこれから続いていくものとしての未来の時間も受け入れていく。「過去～現在～未来へと、ひとつづきである自分」そのような認識が生き方に確かさを加え、説得力をもって読者に伝えるのである。

（「京大短歌」第十二号〈二〇〇一年〉）

発見の深化、時間の重層

――吉川宏志『海雨』

大辻隆弘

1

吉川宏志の歌集『海雨』は、平成十七年一月十五日砂子屋書房から発行された。第一歌集『青蟬』（平7）第二歌集『夜光』（平12）に続く作者三十代前半の歌を集めた第三歌集である。

吉川宏志の初期の歌を特徴づけるのは、発見である。初期の吉川は私たちが普段目にしているにもかかわらず、言葉にできなかった新たな知見を歌によって私たちの前に鮮やかに提示してくれた。たとえば次のような歌々がそうである。

円形の和紙に貼りつく赤きひれ掬われしのち金魚は濡れる　『青蟬』

抱いていた子どもを置けば足が生え落葉の道を駆けてゆくなり　『夜光』

水中ではありえない「濡れる」という状態が、水中を離れた瞬間に顕在化する。胸に抱いていたときには認識の埒外にあった子どもの足が抱き下ろしたときに顕在化する。人間の認識が転換させられる瞬間。誰もが見ているのに誰もが気づいていなかった瞬間。吉川の歌はそのような発見の瞬間を歌の題材としていた。吉川の歌を読むとき、私たち読者はその発見の鮮やかさに魅了され、感嘆の声を漏らした。

その特徴は『海雨』でも継承されている。が、第二歌集以前の発見の歌が単なる認識の変更だけにとどまっていたのと比べて、この歌集における発見の歌はより深い何かとつながっているように思われる。単に目だけで見たものではなく、吉川特有の身体感覚に基礎づけられている。そんな感じがするのである。たとえば次のような歌がそうだ。

少年のからだにわれの在りしころ鶏頭の赤にぎりつぶしき

人間の身体というものは単なる容れ物ではない。特に日本人の場合、身体は心と一体となったものとしてとらえられている。「わが身」「身を入れる」「身に沁みる」といった表現は、自分の心と「身」とが一体となった感覚を表現しているだろう。身体は自分自身であり自分の心である。そういう感覚は日本人にとっては理解しやすいものだ。

が、ここで歌われている感覚はそうではない。この歌で歌われているのは「少年のからだ」という容れ物のなかに「われ」が「在」るという感覚である。そのような発想の前提となっているのは「少年のからだ」と「われ」とのかすかな乖離である。自分の身体が「われ」にフィットしない、その微妙な違和の感覚が、鶏頭のグロテスクな形の花を握り潰すという思春期特有のいらだちの動作につながってゆく。

自分のまわりに、なにか容れ物のような空間がある。その空間や、どこか自分の身体や心にフィットしない。間尺にあわない。この歌集にはそういう「間尺のあわなさ」といった感覚を歌った歌が頻出してくる。

椎落葉《しいおちば》引き寄せながら燃ゆる火を顔の中から我は見ている
この部屋よりあたまのなかが広くなり泥に黄色い花浮いている
喪服のなかに暑き身体《からだ》を入れて立つ宵の七時といえどあかるく
老い人は皮膚のふくろのなかにいて雀が窓に来ればわらいぬ

「顔」という容れ物のなかに「我」がいて、その「我」が火を見つめている。一首目の歌で歌われているのはそのような感覚だろう。「顔」という容れ物と「我」がフィットしないという微妙な齟齬の感覚が自己を見つめる内省に繋がっている歌である。二首目の歌では「この部屋」という容れ物のなかに自分の思惟が充満してゆく過程が歌われる。自分の思惟は肥大化し、部屋という容れ物から溢れ出てゆく。ここで歌われているのはそのような自分と空間の「間尺のあわなさ」であろう。そのような感覚は「喪服」という容れ物のなかに自分を入れる様子を歌った三首目の歌や、「老い人」という主体が「皮膚のふくろ」という容れ物のなかに入っているという認識を表現した四首目の歌にも共通している。

自分というものが、容れ物のなかに入っている。その空間はどうも自分の心としっくりこない。当然、そこにはむずむずした違和感が生じてくる。そのような外界への違和感は、おそらく吉川宏志の生来的な身体感覚なのだろうと思う。『海雨』における吉川の発見の歌はそのような身体と空間の「間尺の合わなさ」を常に起点にしているように感じられる。発見の歌が常に作者の身体的違和感と深いところで結びついている。そんな印象がある。

地下道を通いいるうち地下道になってゆく我
　黒く湿りて
胸うすき我のからだは祖父に似る丙種に合格
　せざりし身体《からだ》
秋の日の影はずいぶん長くなり川のむこうに
　わが手がうごく
磁力持つように身体《からだ》に寄りてくる夜の淡雪
　バスを降りれば

地下道の湿った道を歩みながら冷え冷えと広がってゆく身体感覚を歌った一首目の歌。祖父と共通する自分の身体の貧弱さに戦争を想起する二首目の歌。川の対岸に伸びた自分の手の影に自分の身体の揺らぎを感じる三首目の歌。自分の身体が帯びるかすかな引力に注目した四首目の歌。これらの歌に登場してくる作者の身体もどこか「間尺の合わなさ」を持っているだろう。その身体の違和感を起点にして吉川は外界と自分の関係をひとつひとつ歌にしている。

これらの歌は、発見を契機とした歌であり、『青蟬』や『夜光』に連続した歌ではあろう。が、その発見はもはや視覚という表層的な感覚に基づくものではない。『海雨』における発見の歌は、世界に肉づけられた身体にしっかり根を下ろしたところから歌いだされている。私たちはそこに吉川の歌の深化を見てとることができるだろう。

2

発見の歌ばかりではない。この第三歌集においては、それまでの二十代の歌集にはない重層的な「時間」の感覚を表現しはじめている。それは、一見地味に見えるかもしれない次のような歌によく表れている。

おりがみの祭りのやがてはじまるとゆうぐれ
　暑し敦賀《つるが》の町は

おりがみの祭りという静かで地味な祭りがもうす

ぐ始まろうとしている。その期待にしずかに熱を帯びてゆく日本海沿いの港町。この歌で歌われているのは、しだいに熱を帯びてゆく時間の流れそのものだろう。第三句に置かれた伝聞をあらわす助詞「と」が、ゆっくりと興奮の熱を帯びてくる町の雰囲気を読者に伝えてくれている。実に巧緻な時間描写だと思う。

次のような歌にも、時間の巧緻な描写がある。

大杉は夕べとなればやわらかな影を敷きたり
石畳のうえに
朝々によぎる線路の小石《バラスト》にかすかな霜の差し
ているなり
ほのじろく年末年始の時刻表貼られて夜の駅
しずかなり

一首目の歌では挿入句のような第二句「夕べとなれば」が効果的だ。大きな杉の木は、夕方でなくとも、いつも樹影を地面に落としているのだろう。が、とりわけ夕方になるとその影は大きく延び石畳の上を覆う。鋭い光が差す真昼の樹影は濃いが、陽が斜めから陽が差す夕方は樹影が薄くなる。第三句の「やわらかな」という表現はその機微を捉えている。大木の下にある日常の時間の緩やかな流れと夕方の一瞬が交差する。ふたつの時間が重層的に捉えられている歌だといえよう。

二首目と三首目の歌も同様である。毎朝同じように踏切を渡る日常の時間の流れと線路の小石に新たな霜を発見した瞬間。駅という施設に流れるルーティン化した時間と「年末年始の時刻表」。いつもと違う瞬間の気づきが日常の時間を意識させる。あるいは、日常の時の流れが背後にあるからこそ、いつも違う瞬間が鮮やかに立ち上がる。これらの歌において、吉川はそのような日常と瞬間のダイナミックな関係に目を向けている。

何かを発見したときの瞬間の輝きを歌にあざやかに刻印する。それだけでなく、その瞬間の背後にあってその瞬間を支えている日常の時間を同時に意識させる。『海雨』において吉川はそのような重層的な時間の描写法を確立している。発見の瞬間をこれ見よがしに提示するのではなく、その背後に流れている日常の時間とともにそっと読者に差し出す。そこに初期二歌集にはない歌の厚みが出てきているように思われる。

このように見てくると、次のような歌のなかの時間描写も印象ぶかい。

薄影《うすかげ》のなかに過ぎたる一日にて葱の花から下りてくる蟻

レオはいつ死ぬのとさやに聞かれおりこの子と同じ三歳の犬

葱の花から降りてくる蟻を見るとき、こころ晴れぬまま暮れていった「一日」を思う。犬の一生という時間のなかに子の生育の時間を思う。これらの歌にも、日常に流れる重層的な時間への深い認識が窺えよう。

人間は年を取るごとにそれまでの自分に流れた時間の肉厚さというものを痛切に感じるようになる。『海雨』は吉川の三十代前半の歌を集めた歌集である。三十代前半といえば一般的にいえば十分に若いといえる年齢だろう。が、吉川はその歳月の積み重ねのなかで、それまでの二歌集とは異なる時間の肉厚さに意識を向けている。この時期、吉川は瞬間の背後にある時間の厚みに気づきはじめていたのである。その意識と関心は、第五歌集『西行の肺』（平21）以降、自分を超えた「歴史」というものにまで拡大されてゆく。その意味でこの『海雨』は、初期二歌集の世界からゆっくりと歩みだそうとしている吉川の姿をダイレクトに写し取った歌集である、といえるだろう。

3

発見の歌の深化、時間への眼差しの深まり。この『海雨』はそのような三十代前半の吉川の抒情の深化が刻印された歌集である。が、その一方で主題の上でも吉川はあらたな触手を伸ばしている。

　口元の笑う遺影の拡大は無数の黒き点《ドット》がわらう
　特攻機「桜花」の前に賽銭箱に類するものが置かれていたり
　瓦礫道《がれきみち》　そこに死体があるらしくぼかしをよけて兵士は歩む
　日本人遺族を映さざるはなぜ　秋の夜固い畳を踏めり

一首目と二首目の歌は靖国神社の就遊館を訪れたときのものである。国に命を捧げた特攻隊の人々を賛美する展示を見たときの実感を歌ったものだ。

　これらの歌において吉川は、殉国を賛美する靖国神社のイデオロギーの正否に直接的には言及してはいない。展示用に大きく引き伸ばされた個人の写真の「黒き点」に注目したり、特攻用のロケット機「桜花」の前に置かれた「賽銭箱に類するもの」に注目するだけである。が、そのことによって古びた印刷写真を強引に引き伸ばし「英霊」として展示しようとする発想や、特攻機そのものを神格化しそれに賽銭をささげようとする日本の民衆の心性をあぶりだそうとしている。国家と個人の関係の根底に潜む混沌とした心情を早急に裁断するのでなく、その混沌のなかに身を置いて歌う。そこにこれらの歌の特徴がある。

　三首目と四首目は二〇〇一年に起こった米国の同時多発テロやそれをきっかけとして始まった米軍のアフガン侵攻を素材としたものである。

　これらの歌において吉川は、戦死者の映像に「ぼかし」をかけて米軍が齎した災禍を隠蔽しようしたり、世界貿易センタービルのテロで死亡した日本人の報道を避けるマスコミの姿勢に対する違和感を歌にしている。これらの歌でも吉川は、倫理的判断を加えずに事実そのものを読者の前に提示している。

　社会的な主題を歌ったこれらの歌は、もちろん『海雨』で初めて登場したものではない。第二歌集『夜光』においても、吉川はチェルノブイリ原発事故に想を得た「夕雲は蛇行しており原子炉技師ワレリー・ホデムチュク遺体無し」や、南京大虐殺事件を題材にした「戦争を紙で教えていたりけり夜光の雲が山の背をゆく」といった歌を作っていた。そのような成果を踏まえながら、この『海雨』において吉川は、国家と個人の問題により果敢に主体的に踏み込もうとしている。その姿勢は第六歌集『燕麦』（平24）第七歌集『鳥の見しもの』（平28）といった最新の歌集でより明確になってゆく。

『海雨』は、吉川の初期二歌集の作風を引き受けながら、その後の彼の歩みを決定づける方向性を明確に指し示している歌集である。その意味でこの第三歌集は吉川宏志の四半世紀を超える歌業の分水嶺を成す歌集だと言えよう。

（書き下ろし）

吉川宏志歌集　　現代短歌文庫第135回配本

2018年3月10日　初版発行
2022年7月10日　再版発行

著　者　吉　川　宏　志
発行者　田　村　雅　之
発行所　砂　子　屋　書　房
〒101-0047　東京都千代田区内神田3-4-7
電話　03－3256－4708
Fax　03－3256－4707
振替　00130－2－97631
http://www.sunagoya.com

装本・三嶋典東　　落丁本・乱丁本はお取替いたします

現代短歌文庫

（　）は解説文の筆者

①三枝浩樹歌集
『朝の歌』全篇
②佐藤通雅歌集（細井剛）
『薄明の谷』全篇
③高野公彦歌集（河野裕子・坂井修一）
『汽水の光』全篇
④三枝昂之歌集（山中智恵子・小高賢）
『水の覇権』全篇
⑤阿木津英歌集（笠原伸夫・岡井隆）
『紫木蓮まで・風舌』全篇
⑥伊藤一彦歌集（塚本邦雄・岩田正）
『瞑鳥記』全篇
⑦小池光歌集（大辻隆弘・川野里子）
『バルサの翼』『廃駅』全篇
⑧石田比呂志歌集（玉城徹・岡井隆他）
『無用の歌』全篇
⑨永田和宏歌集（高安国世・吉川宏志）
『メビウスの地平』全篇
⑩河野裕子歌集（馬場あき子・坪内稔典他）
『森のやうに獣のやうに』『ひるがほ』全篇
⑪大島史洋歌集（田中佳宏・岡井隆）
『藍を走るべし』全篇
⑫雨宮雅子歌集（春日井建・田村雅之他）
『悲神』全篇
⑬稲葉京子歌集（松永伍一・水原紫苑）
『ガラスの檻』全篇
⑭時田則雄歌集（大金義昭・大塚陽子）
『北方論』全篇
⑮蒔田さくら子歌集（後藤直二・中地俊夫）
『森見ゆる窓』全篇
⑯大塚陽子歌集（伊藤一彦・菱川善夫）
『遠花火』『酔芙蓉』全篇
⑰百々登美子歌集（桶谷秀昭・原田禹雄）
『盲目木馬』全篇
⑱岡井隆歌集（加藤治郎・山田富士郎他）
『鵞卵亭』『人生の視える場所』全篇
⑲玉井清弘歌集（小高賢）
『久露』全篇
⑳小高賢歌集（馬場あき子・日高堯子他）
『耳の伝説』『家長』全篇
㉑佐竹彌生歌集（安永蕗子・馬場あき子他）
『天の螢』全篇
㉒太田一郎歌集（いいだもも・佐伯裕子他）
『墳』『蝕』『獵』全篇

現代短歌文庫

（　）は解説文の筆者

㉓春日真木子歌集（北沢郁子・田井安曇他）
『野菜涅槃図』全篇

㉔道浦母都子歌集（大原富枝・岡井隆）
『無援の抒情』『水憂』『ゆうすげ』全篇

㉕山中智恵子歌集（吉本隆明・塚本邦雄他）
『夢之記』全篇

㉖久々湊盈子歌集（小島ゆかり・樋口覚他）
『黒鍵』全篇

㉗藤原龍一郎歌集（小池光・三枝昂之他）
『夢みる頃を過ぎても』『東京哀傷歌』全篇

㉘花山多佳子歌集（永田和宏・小池光他）
『樹の下の椅子』『楕円の実』全篇

㉙佐伯裕子歌集（阿木津英・三枝昂之他）
『未完の手紙』全篇

㉚島田修三歌集（筒井康隆・塚本邦雄他）
『晴朗悲歌集』全篇

㉛河野愛子歌集（近藤芳美・中川佐和子他）
『黒羅』『夜は流れる』『光ある中に』（抄）他

㉜松坂弘歌集（塚本邦雄・由良琢郎他）
『春の雷鳴』全篇

㉝日高堯子歌集（佐伯裕子・玉井清弘他）
『野の扉』全篇

㉞沖ななも歌集（山下雅人・玉城徹他）
『衣裳哲学』『機知の足首』全篇

㉟続・小池光歌集（河野美砂子・小澤正邦）
『日々の思い出』『草の庭』全篇

㊱続・伊藤一彦歌集（築地正子・渡辺松男）
『青の風土記』『海号の歌』全篇

㊲北沢郁子歌集（森山晴美・富小路禎子）
『その人を知らず』を含む十五歌集抄

㊳栗木京子歌集（馬場あき子・永田和宏他）
『水惑星』『中庭』全篇

㊴外塚喬歌集（吉野昌夫・今井恵子他）
『喬木』全篇

㊵今野寿美歌集（藤井貞和・久々湊盈子他）
『世紀末の桃』全篇

㊶来嶋靖生歌集（篠弘・志垣澄幸他）
『笛』『雷』全篇

㊷三井修歌集（池田はるみ・沢口芙美他）
『砂の詩学』全篇

㊸田井安曇歌集（清水房雄・村永大和他）
『木や旗や魚らの夜に歌った歌』全篇

㊹森山晴美歌集（島田修二・水野昌雄他）
『グレコの唄』全篇

現代短歌文庫

（　）は解説文の筆者

㊺上野久雄歌集（吉川宏志・山田富士郎他）
『夕鮎』抄、『バラ園と鼻』抄他

㊻山本かね子歌集（蒔田さくら子・久々湊盈子他）
『ものどらま』を含む九歌集抄

㊼松平盟子歌集（米川千嘉子・坪内稔典他）
『青夜』『シュガー』全篇

㊽大辻隆弘歌集（小林久美子・中山明他）
『水廊』『抱擁韻』全篇

㊾秋山佐和子歌集（外塚喬・一ノ関忠人他）
『羊皮紙の花』全篇

㊿西勝洋一歌集（藤原龍一郎・大塚陽子他）
『コクトーの声』全篇

(51)青井史歌集（小高賢・玉井清弘他）
『月の食卓』全篇

(52)加藤治郎歌集（永田和宏・米川千嘉子他）
『昏睡のパラダイス』『ハレアカラ』全篇

(53)秋葉四郎歌集（今西幹一・香川哲三）
『極光―オーロラ』全篇

(54)奥村晃作歌集（穂村弘・小池光他）
『鴇色の足』全篇

(55)春日井建歌集（佐佐木幸綱・浅井愼平他）
『友の書』全篇

(56)小中英之歌集（岡井隆・山中智恵子他）
『わがからんどりえ』『翼鏡』全篇

(57)山田富士郎歌集（島田幸典・小池光他）
『アビー・ロードを夢みて』『羚羊譚』全篇

(58)続・永田和宏歌集（岡井隆・河野裕子他）
『華氏』『饗庭』全篇

(59)坂井修一歌集（伊藤一彦・谷岡亜紀他）
『群青層』『スピリチュアル』全篇

(60)尾崎左永子歌集（伊藤一彦・栗木京子他）
『彩紅帖』全篇『さるびあ街』（抄）他

(61)続・尾崎左永子歌集（篠弘・大辻隆弘他）
『春雪ふたたび』『星座空間』全篇

(62)続・花山多佳子歌集（なみの亜子）
『草舟』『空合』全篇

(63)山埜井喜美枝歌集（菱川善夫・花山多佳子他）
『はらりさん』全篇

(64)久我田鶴子歌集（高野公彦・小守有里他）
『転生前夜』全篇

(65)続々・小池光歌集
『時のめぐりに』『滴滴集』全篇

(66)田谷鋭歌集（安立スハル・宮英子他）
『水晶の座』全篇

現代短歌文庫

（　）は解説文の筆者

(67) 今井恵子歌集（佐伯裕子・内藤明他）
『分散和音』全篇

(68) 続・時田則雄歌集（栗木京子・大金義昭）
『夢のつづき』『ペルシュロン』全篇

(69) 辺見じゅん歌集（馬場あき子・飯田龍太他）
『水祭りの桟橋』『闇の祝祭』全篇

(70) 続・河野裕子歌集
『家』全篇、『体力』『歩く』抄

(71) 続・石田比呂志歌集
『孑孑』『忘八』『涙壺』『老猿』『春灯』抄

(72) 志垣澄幸歌集（佐藤通雅・佐佐木幸綱）
『空壜のある風景』全篇

(73) 古谷智子歌集（来嶋靖生・小高賢他）
『神の痛みの神学のオブリガード』全篇

(74) 大河原惇行歌集（田井安曇・玉城徹他）
未刊歌集『昼の花火』全篇

(75) 前川緑歌集（保田與重郎）
『みどり抄』全篇、『麥穂』抄

(76) 小柳素子歌集（来嶋靖生・小高賢他）
『獅子の眼』全篇

(77) 浜名理香歌集（小池光・河野裕子）
『月兎』全篇

(78) 五所美子歌集（北尾勲・島田幸典他）
『天姥』全篇

(79) 沢口芙美歌集（武川忠一・鈴木竹志他）
『フェベ』全篇

(80) 中川佐和子歌集（内藤明・藤原龍一郎他）
『海に向く椅子』全篇

(81) 斎藤すみ子歌集（菱川善夫・今野寿美他）
『遊楽』全篇

(82) 長澤ちづ歌集（大島史洋・須藤若江他）
『海の角笛』全篇

(83) 池本一郎歌集（森山晴美・花山多佳子）
『未明の翼』全篇

(84) 小林幸子歌集（小中英之・小池光他）
『枇杷のひかり』全篇

(85) 佐波洋子歌集（馬場あき子・小池光他）
『光をわけて』全篇

(86) 続・三枝浩樹歌集（雨宮雅子・里見佳保他）
『みどりの揺籃』『歩行者』全篇

(87) 続・久々湊盈子歌集（小林幸子・吉川宏志他）
『あらばしり』『鬼龍子』全篇

(88) 千々和久幸歌集（山本哲也・後藤直二他）
『火時計』全篇

現代短歌文庫

（　）は解説文の筆者

⑧⑨田村広志歌集（渡辺幸一・前登志夫他）
『島山』全篇

⑨⓪入野早代子歌集（春日井建・栗木京子他）
『花凪』全篇

⑨①米川千嘉子歌集（日高堯子・川野里子他）
『夏空の櫂』『一夏』全篇

⑨②続・米川千嘉子歌集（栗木京子・馬場あき子他）
『たましひに着る服なくて』『一葉の井戸』全篇

⑨③桑原正紀歌集（吉川宏志・木畑紀子他）
『妻へ。千年待たむ』全篇

⑨④稲葉峯子歌集（岡井隆・美濃和哥他）
『杉並まで』全篇

⑨⑤松平修文歌集（小池光・加藤英彦他）
『水村』全篇

⑨⑥米口實歌集（大辻隆弘・中津昌子他）
『ソシュールの春』全篇

⑨⑦落合けい子歌集（栗木京子・香川ヒサ他）
『じゃがいもの歌』全篇

⑨⑧上村典子歌集（武川忠一・小池光他）
『草上のカヌー』全篇

⑨⑨三井ゆき歌集（山田富士郎・遠山景一他）
『能登往還』全篇

⑩⓪佐佐木幸綱歌集（伊藤一彦・谷岡亜紀他）
『アニマ』全篇

⑩①西村美佐子歌集（坂野信彦・黒瀬珂瀾他）
『猫の舌』全篇

⑩②綾部光芳歌集（小池光・大西民子他）
『水晶の馬』『希望園』全篇

⑩③金子貞雄歌集（津川洋三・大河原惇行他）
『邑城の歌が聞こえる』全篇

⑩④続・藤原龍一郎歌集（栗木京子・香川ヒサ他）
『嘆きの花園』『19××』全篇

⑩⑤遠役らく子歌集（中野菊夫・水野昌雄他）
『白馬』全篇

⑩⑥小黒世茂歌集（山中智恵子・古橋信孝他）
『猿女』全篇

⑩⑦光本恵子歌集（疋田和男・水野昌雄）
『薄氷』全篇

⑩⑧雁部貞夫歌集（堺桜子・本多稜）
『崑崙行』抄

⑩⑨中根誠歌集（来嶋靖生・大島史洋雄他）
『境界』全篇

⑪⓪小島ゆかり歌集（山下雅人・坂井修一他）
『希望』全篇

現代短歌文庫

（　）は解説文の筆者

111 木村雅子歌集（来嶋靖生・小島ゆかり他）
『星のかけら』全篇

112 藤井常世歌集（菱川善夫・森山晴美他）
『氷の貌』全篇

113 続々・河野裕子歌集
『季の栞』『庭』全篇

114 大野道夫歌集（佐佐木幸綱・田中綾他）
『春吾秋蟬』全篇

115 池田はるみ歌集（岡井隆・林和清他）
『妣が国大阪』全篇

116 続・三井修歌集（中津昌子・柳宣宏他）
『風紋の島』全篇

117 王紅花歌集（福島泰樹・加藤英彦他）
『夏暦』全篇

118 春日いづみ歌集（三枝昻之・栗木京子他）
『アダムの肌色』全篇

119 桜井登世子歌集（小高賢・小池光他）
『夏の落葉』全篇

120 小見山輝歌集（山田富士郎・渡辺護他）
『春傷歌』全篇

121 源陽子歌集（小池光・黒木三千代他）
『透過光線』全篇

122 中野昭子歌集（花山多佳子・香川ヒサ他）
『草の海』全篇

123 有沢螢歌集（小池光・斉藤斎藤他）
『ありすの杜へ』全篇

124 森岡貞香歌集
『白蛾』『珊瑚數珠』『百乳文』全篇

125 桜川冴子歌集（小島ゆかり・栗木京子他）
『月人壮子』全篇

126 柴田典昭歌集（小笠原和幸・井野佐登他）
『樹下逍遙』全篇

127 続・森岡貞香歌集
『黛樹』『夏至』『敷妙』全篇

128 角倉羊子歌集（小池光・小島ゆかり）
『テレマンの笛』全篇

129 前川佐重郎歌集（喜多弘樹・松平修文他）
『彗星紀』全篇

130 続・坂井修一歌集（栗木京子・内藤明他）
『ラビュリントスの日々』『ジャックの種子』全篇

131 新選・小池光歌集
『静物』『山鳩集』全篇

132 尾崎まゆみ歌集（馬場あき子・岡井隆他）
『微熱海域』『真珠鎖骨』全篇

現代短歌文庫

（　）は解説文の筆者

⑬3 続々・花山多佳子歌集（小池光・澤村斉美）
『春疾風』『木香薔薇』全篇

⑬4 続・春日真木子歌集（渡辺松男・三枝昂之他）
『水の夢』全篇

（以下続刊）

水原紫苑歌集　篠弘歌集

馬場あき子歌集　黒木三千代歌集

石川辰彦歌集